NASCER DUAS VEZES

GIUSEPPE PONTIGGIA

Nascer duas vezes

Tradução
Roberta Barni

COMPANHIA DAS LETRAS

Título original
Nati due volte

Capa
Raul Loureiro

Foto de capa
Eduardo Marin

Preparação
Beti Kaphan

Revisão
Maysa Monção
Cláudia Cantarin

Dados Internacionais de Catalogação na Publicação (CIP)
(Câmara Brasileira do Livro, SP, Brasil)

Pontiggia, Giuseppe
Nascer duas vezes / Giuseppe Pontiggia ; tradução de Roberta Barni. — São Paulo : Companhia das Letras, 2002.

Título original: Nati due volte.
ISBN 85-359-0245-7

1. Romance italiano I. Título.

02-2469 CDD-853.91

Índices para catálogo sistemático:
1. Romances : Século 20 : Literatura italiana 853.91
2. Século 20 : Romances : Literatura italiana 853.91

[2002]

EDITORA SCHWARCZ LTDA.
Rua Bandeira Paulista 702 cj. 32
04532-002 — São Paulo — SP
Telefone (11) 3167-0801
Fax (11) 3167-0814
www.companhiadasletras.com.br

Aos portadores de deficiência que lutam não para se tornarem normais mas eles mesmos

Índice

NASCER DUAS VEZES

Escadas rolantes

A escada rolante sobe ao terceiro andar por entre escadas que descem, degraus que desaparecem no alto entre as luzes, pisos que se afastam dos dois lados, a multidão que circula lentamente em meio ao burburinho.

"Gosta?", pergunto às suas costas, ao pé do ouvido.

"Gosto", responde sem se virar.

Agarrado com a mão esquerda ao corrimão de borracha, deixa-se cair para trás ao perceber que estou de braços abertos.

Estou curvado para a frente, para segurá-lo. Quando chegamos lá em cima, e os degraus de ferro desaparecem na fenda, ele retesa os ombros para trás.

"Não tenha medo!", digo, erguendo-o com dificuldade, para que não tropece.

Apóia-se, as pernas rígidas, os pés hirtos no carpete além da chapa metálica. Anda. Olho a meu redor, enxugando a testa com a palma da mão direita. Uma senhora nos olha, franzindo o cenho, perto de um guarda-sol amarelo, fincado num retângulo de areia que simula uma praia. Eu também olho para ela: estou cansado de as pessoas ficarem nos olhando. Mas então ela solta um grito, levando uma das mãos à boca, enquanto se ouve um baque pesado. Paolo caiu de lado; e agora, tarde demais, vira-se de costas, como lhe ensinaram. O rosto está contraído de dor, as palmas inutilmente abertas no chão.

"Machucou-se?", sussurro, curvando-me sobre ele.

Faz sinal que não.

Ajudo-o a levantar-se, apoiando a ponta de seus pés contra os meus e puxando-o pelos braços.

"Não foi nada", digo.

Sustento-o por alguns passos.

"Melhor agora?"

"Sim."

Aponto-lhe um bar, por entre pequenas palmeiras dentro de vasos de argila, com um teto inclinado de bambu, contra um mar azul de papelão.

"Quer beber alguma coisa?"

"Quero."

Sentamos a uma mesa de madeira tosca, em bancos rústicos. Ali pertinho, uma barraca em forma de um enorme tubarão escancara a goela para abrigar artigos de pesca. Olho os dentes pontudos que nos dominam do alto.

Estou exausto e infeliz.

Pergunto-lhe:

"Quer uma coca-cola?"

"Quero."

Seguro o copo, enquanto ele bebe.

Quando tornamos a nos levantar, digo:

"Ande direito. Tome cuidado."

Ele segue adiante, oscilando feito um marinheiro bêbado. Não: como um espástico.

Vira-se para me dizer, com sua voz que sai com dificuldade:

"Se tem vergonha de mim, pode andar afastado. Não se preocupe comigo."

Vir ao mundo

Está para nascer enquanto estou na escola. Já comecei a aula. A bedel, dissimulada, sorridente, curva-se sobre a mesa e sussurra ao meu ouvido:

"Professor, sua mulher já está no hospital. A senhora sua mãe telefonou e pediu para avisá-lo, mas disse que não há pressa."

Levanto a cabeça, assumo uma expressão tranqüila.

"A bolsa-d'água estourou", acrescenta ela.

Faço um sinal de assentimento. Não entendo nada: o que significa dizer "a bolsa-d'água estourou"? Talvez a placenta tenha se rompido. Vejo uma membrana se esfacelando, o líquido escorrendo.

"Se quiser, pode interromper a aula", sugere.

"Não, vou continuar."

Idiota, você. Querendo demonstrar aos outros, aliás, a si próprio, como está calmo. Como sabe enfrentar os riscos. Afinal, não é você quem está correndo riscos. Isto, naquela época, eu não tinha pensado. Somos tão calmos quando enfrentamos os riscos alheios.

Sobretudo, não se emocionar. Milênios de educação masculina num instante. Olho para a classe. Devem ter intuído, uma moça do gargarejo ouviu algumas palavras da bedel e vira-se para um colega de trás. Sorrio. Tudo está sob controle. Digo:

"Vamos terminar a aula."

*

"Parto distócico", diz-me o médico no corredor, evitando meu olhar.

Obeso, a respiração ofegante sob os bigodes salientes, as pupilas fixas, parece um rato enorme prestes a fugir.

"Ou seja?"

"Distócico, já disse."

Ergue os olhos sobre mim, para ter a confirmação de que não entendi.

"Quais são as complicações?"

"Todas e nenhuma. O risco mais grave é anóxia."

"Ou seja, que não respire?"

"Em certo sentido", concede, incomodado. "De qualquer maneira, o batimento é regular, por enquanto não é caso de cirurgia."

"Que cirurgia?"

"Cesariana. Mas o ginecologista de vocês não quer. É contra."

*

Como assim, contra? Torno a ver seu rosto dilatado, diáfano, os raros cabelos brancos desgrenhados sobre o crânio, uma sensação de prostração, aniquilado. "Evitar a cesariana, que hoje virou moda." Eu a ouvi-lo com ar grave, mas pensava nela, a quem voltara a encontrar depois de anos, e a quem tornaria a ver três horas mais tarde, enquanto perguntava: "Mas há algum perigo?". "Naturalmente", respondera. "Lembra-se de Leopardi?

Nasce o homem com fadiga / e é risco de morte o nascimento. Mas a cesariana é o último recurso, acredite."

Olhava-me com um rosto bondoso e sorridente, máscara de sabedoria que muitos vestem com a aproximação da velhice, e que, ao contrário, é a última, definitiva, eterna forma da estupidez. Eu tivera um pressentimento na escada, quando lhe perguntei: "Você tem certeza de que ele é um bom ginecologista?". "É ótimo", ela respondera.

*

Aí vem ele, avançando pelo corredor. Vem em minha direção, com seus passinhos apressados, tal um pingüim balançando os quadris.

"Pode ficar tranqüilo", diz ele — a melhor maneira de deixar alguém preocupado. "O senhor precisa ter um pouco de paciência."

"Mas por que não nasce?"

"É uma criança grandona", suspira. "Parece que não quer saber de vir ao mundo."

Sorri e pisca:

"Talvez ele esteja certo."

Gostaria de sacudi-lo pelos ombros, mas não posso me tornar hostil àquele que já intuo ser o inimigo mais temível.

"Ah, ainda bem que o senhor está aqui, doutor Merini!", exclama minha sogra, chegando inesperadamente, por trás de mim.

Toma-lhe as mãos:

"Diga, doutor Merini! Vai dar tudo certo, não é?"

"Claro que sim, minha senhora! É apenas um parto um pouco difícil, deixemos a natureza fazer a sua parte!"

Ela junta as palmas das mãos:

"Ah, era isso que eu queria ouvir do senhor!"

Monumental, acalorada, invasiva, sempre à beira de um

colapso que nunca virá, sempre à procura de receios por dissipar e de angústias a desanuviar.

Acrescenta:

"O importante é que nada aconteça com minha menina!"

"E também com o bebê", diz minha mãe, gélida, aproximando-se.

Acompanhou o encontro do vão da janela, ocultando-se o suficiente para que todos a vissem. E assumiu aquele rosto petrificado, que me aterrorizava quando eu era pequeno.

Continua:

"Não vamos esquecer que é ele quem está nascendo."

Minha sogra vira-se para olhá-la como a uma intrusa.

"Olá! Não tinha visto você", diz.

Prossegue:

"O bebê, claro! Os dois! O importante, a esta altura, é não perder tempo!"

"Vocês é que excluíram a hipótese da cesariana", responde minha mãe com o mesmo rosto impassível.

"Mas o que é que você está dizendo?", atalha minha sogra, aflita. "Não excluímos nada. Preferimos, se possível, evitar uma cirurgia. E, a propósito, quem seria esse *nós*?"

"Você e sua filha, com suas teorias de medicina natural!" Minha mãe desvia o dedo na minha direção. "E ele também, que finge ouvir vocês enquanto pensa em outras coisas!"

"Mas por que você sempre banca a agourenta?", tento feri-la.

Consegui. A ofensa parece tê-la trespassado. Volta para o vão da janela, fechando-se num isolamento desdenhoso, olhando para fora dos vidros. Foi atriz amadora na juventude. Ela nunca se esquece disso, e eu tampouco.

*

Lembro-me de detalhes isolados, como fotogramas de um filme que não consigo rever na seqüência. A freira saindo do quarto do fundo do corredor e passando por mim num rápido cicio, fingindo não me ver, e eu em seu encalço, perguntando-lhe: "O que está acontecendo?". E a resposta: "Pergunte para seu ginecologista".

O rosto cada vez mais desorientado do dr. Merini ("Não imaginava que pudesse ser assim)", ver um idiota angustiado é ainda mais terrível do que vê-lo risonho. "Como assim, não imaginava?", sacudo-o finalmente pelos ombros, faço o que já deveria ter feito doze horas antes, doze horas se passaram, não um nascimento, mas uma espécie de agonia. E ele se desvencilhando. "Mas o que você está fazendo?", grita. "Vamos usar fórceps!" "Por que não a cesariana?" "É tarde demais, o parto já começou!"

*

Vejo-me avançando pela capela do hospital, em meio a um faiscar de luzes coloridas — sou eu me ajoelhando num banco de madeira reluzente, parece uma igreja artificial, sinto-me como um ator relutante em representar um papel, o que faz ali?, não é seu papel.

Mas é o seu, sim, acabou-se o tempo da comédia, agora começa a tragédia. Você já viveu momentos como este, é como se estivesse respondendo a um chamado, você sempre disse isso, enfrentar; você está barganhando com Deus, não irá vê-la por um mês, não, é demais, três semanas, fecha os olhos, se as coisas tomaram esse rumo é sua culpa também, e não só da medicina oficial, onde você estava quando falavam disso e você estava distante? Não vê-la nunca mais, não, isso não está sendo pedido, você seria infeliz, seria pior para todos.

Você ouve uma voz interna, desprovida de sons, que responde que sim, é como se alguém assentisse, você não merece, mas conseguiu, você faz o sinal-da-cruz, murmurando obrigado.

*

Não lembro quem me falou primeiramente sobre a ausência de choro, mas é assim tão grave?, sim, é grave, estava cianótico, lembro de uma palavra, catatônico, é o cirurgião que a diz depressa saindo pela porta, a pergunta que eles não querem ouvir, e que é a única a interessar você, quais as conseqüências?, é cedo demais para dizer, podem até não ser preocupantes, agora pense em sua mulher.

Está na cama exausta, angustiada, silenciosa. Olha para a janela. A chuva serpenteia em regatos ao longo dos vidros. Pego sua mão em cima do cobertor:

"Você foi ótima."

Faz sinal que não com a cabeça.

"Você vai ver, tudo vai dar certo."

Não responde.

Depois faz menção de falar, tem a voz apagada, inclino-me até roçar sua testa, molhada de suor gelado. Pergunta:

"Você viu o bebê?"

"Não."

"Vá vê-lo."

Quem é que tinha me falado de felicidade do nascimento?

*

Nunca esquecerei aquele rosto arroxeado, minúsculo, aterrorizado numa espécie de sorriso fixo, o crânio em forma de cone, a imagem de uma divindade mesopotâmica que de súbito me volta à mente. É aterrador e familiar, a enfermeira segura-o nos braços.

"Vamos levá-lo para a incubadeira."

"Mas e a cabeça?", pergunto.

"Dos males, o menor", responde, entrando na sala e curvando-se sobre a cama para mostrá-lo à mãe.

Por trás do vidro

Anda-se por ali como num aquário, os recém-nascidos lacrados em paralelepípedos de vidro, dele vejo os genitais agigantados por uma lente circular, minúscula escotilha escancarada sobre um corpinho nu. Depois vejo o pé esquerdo sendo sacudido, em intervalos regulares, por um tremor espasmódico — antes era muito mais forte, diz o médico que me acompanha, agora está sob ação dos sedativos.

Os dedos contraídos alargam-se em convulsões silenciosas. Como um leque se abrindo, lentamente, para depois se fechar de supetão. "É epilepsia?", pergunto, mostrando uma calma irreal, como se eu fosse um observador. É o expediente que usamos com os médicos para conseguir sua sinceridade, e que eles conhecem tão bem quanto nós. Enganamo-nos reciprocamente, para nunca dizer a verdade.

"Vamos esperar o eletroencefalograma", responde com impassibilidade profissional.

Grampo

A voz embargada do meu sogro ao telefone, que não sabe que estou ouvindo, enquanto fala com seu filho Marco, de um corredor do hospital, diante de uma janela:

"É, pode até ficar idiota, entendeu?"

O rosto congestionado pela fúria, os olhos dilatados. Gostaria de atirá-lo pela janela, mas sua expressão arrasada me acalma. Está exagerando, digo a mim mesmo, ele sempre faz assim. Exaspera os perigos para torná-los ainda mais temíveis, e deles aceitar, então, uma versão atenuada. A idéia de uma desvantagem o angustia. Ele que é saudável, atlético, com manias de vida salutar, ele que não se conforma em envelhecer.

"Não me faça mais perguntas!", grita no telefone, com voz sufocada. "Não sabemos de nada! Só temos de esperar! Não dizem nada para a gente!"

Viu-me, curva-se como para furtar-se ao olhar, torna a erguer-se, está com o rosto abatido, e, quando desliga o telefone, pergunta-me exausto:

"Ouviu o que eu estava dizendo?"

"Ouvi."

Passa o dorso da mão na testa:

"Como consegue ficar calmo?"

"Não estou calmo", respondo. "Mas precisamos raciocinar."

Olha-me com olhos cintilantes.

"Não me venha falar em raciocinar", diz.

Culpas

Marcamos encontro no terraço, no alto da colina do parque, onde nos encontrávamos havia cinco meses, nas primeiras vezes depois do reencontro. E era o mesmo terraço onde nos encontrávamos quando éramos adolescentes, quinze anos antes, eu incapaz de lhe dizer o que sentia, ela tão atraída quanto desapontada por eu não lhe dizer. Tem um quê de óbvio e de absurdo na escolha deste bar, uma repetição maníaca e cíclica, como o teto circular sobre nossas cabeças.

"Quando acha que vamos poder tornar a nos ver?"

Acrescenta:

"Desculpe-me por perguntar, mas acho que tenho o direito."

Está com os olhos marejados e a expressão abatida dos piores momentos. Para ela provavelmente são os melhores, aqueles em que vence a si própria, e, assim, ilude-se, a antagonista também.

"Lá, é o que quer dizer?"

Procuro ganhar tempo.

"Claro", responde. "Pare de fingir, por favor!"

Lá é uma kitchenette no último andar de um prédio na alameda Campana, sem portaria, sem nome na porta. Uma mansarda de teto inclinado e sufocante, que dá para uma planície de tetos. Alugamos há três meses, íamos para lá em horários estranhos, assim que dava, até pela manhã, se era meu dia de folga na escola, e ela conseguia escapar, ao menos por umas duas horas, da família.

"Eu respeitei seu desejo de não ir para lá", continua lentamente. "Embora — deixe-me dizer — não consiga enxergar uma conexão entre nossa relação e o que aconteceu."

Preparou as palavras, move-se cautelosa por um território já explorado.

Prossegue com mais segurança:

"Já se passaram vinte e cinco dias. Ao menos podia ter perguntado o que eu achava."

"Achava que iria imaginar."

"Oquei, mas tinha de me falar sobre isso."

O tom agitado prenuncia uma daquelas discussões que receio.

"Estou em crise, tanto quanto você", continua. "Tenho dois filhos e uma situação muito complicada."

"Eu sei."

"Senti-me excluída de sua vida. Mas o que foi que eu lhe fiz?"

"Você não tem culpa alguma", digo.

"Culpa?", enrubesce. "É isso, finalmente vai dizer a palavra!"

"Já disse."

"Pobre de você se começar a pensar desse jeito!"

"Fale mais baixo!", sussurro. "Todos estão ouvindo!"

A senhora sentada à mesa ao lado, que estava nos observando, vira-se para o outro lado.

"E o que é que tem?", protesta. "Já sei o que nos espera! Você vítima de seus sentimentos de culpa e eu co-responsável!"

"Eu não tenho os sentimentos de culpa que você acha que

tenho", digo baixinho. "Nem freqüento um psicanalista, como você, para me ver livre deles. É bom você fazer isso, mas meu caso é diferente."

"Ou seja?"

Olha-me com espanto, os olhos cheios de lágrimas.

"Eu não tenho culpas imaginárias como as suas, que remontam à infância e ao inconsciente. Eu tenho algumas culpas específicas."

"E quais seriam? O bebê nasceu assim por uma série de erros, mas você não tem nada a ver com isso!"

"Não, eu tenho a ver antes disso."

"Desde quando?"

"Desde quando ela esperava o bebê, e você reapareceu."

"Sabia que a culpa era minha!", sorri, sarcástica. "Poderia apostar."

"Não estou falando de você", respondo calmo. "Estou falando de mim."

Ela espera que eu continue.

"Se eu tivesse estado mais presente, talvez as coisas tivessem tomado outro rumo."

Ela estremece:

"Onde, no hospital? O que você podia fazer? Não teria mudado nada!"

"Estou falando das angústias dela por causa da gente, durante a gravidez."

Agarra-se aos braços da poltrona de ferro:

"Mas você me disse que ela não sabia de nada!"

"Não, tinha entendido tudo", respondo.

Não sei se é verdade, estou descobrindo agora.

"Então você mente o tempo todo, para ela e para mim!"

"Os médicos ficam lhe perguntando se sofreu durante a gravidez", continuo.

"E ela?"

"Ela nega, mas faz isso para me acobertar."

"Olha só quantas coisas você escondeu de mim!", comenta ela, amarga. "E por que me conta agora, para se aliviar?"

"Não, para entender se tiveram conseqüências para o bebê."

Acrescento:

"Os médicos não excluem a hipótese."

Observa-me ansiosa:

"Disseram alguma coisa?"

"Não, falam em geral."

Ela meneia a cabeça:

"Eles dizem tanta coisa! Você não deve se angustiar."

Acrescenta com a brutalidade que sempre me surpreendeu em seu rosto infantil:

"Pense nas crianças que nascem durante as guerras."

Não respondo. Mas aquela também tinha sido uma guerra. Uma guerra feita de desconfianças e traições, de ciladas e renúncias, entre ternura, ódio e medo.

"Você, confessando, acha que expia", retoma ela. "Mas o caminho é outro. Você não tem todas as culpas que acredita ter. As culpas sempre são compartilhadas."

"Com você?"

"Não, com ela."

"É nisso que seu analista faz você acreditar?", pergunto.

Colegas

O colega de matemática e física retirou há pouco tempo um nódulo de uma axila, e talvez a cirurgia tenha contribuído para torná-lo insaciável por informações clínicas. Pergunta-me sobre o estado de saúde de Paolo. Respondo-lhe que teve alta do hospital e que os tremores pararam. Não há um foco epiléptico localizado — ouve-me com atenção voraz —, há um sofrimento difuso do córtex, mas, segundo o pediatra que o acompanhou, os sintomas poderiam desaparecer. A casuística é reconfortante, deixando de lado a eventualidade de leves episódios na adolescência.

"Mas vocês jamais!", ergue o dedo, algo entre uma predição e uma ameaça, "jamais poderão viver sossegados! Sempre terão uma espada pendente na cabeça."

Olho para ele desconcertado, não consigo reagir, não consigo sequer compreender o que ele está tentando dizer. No entanto, é simples:

"Quando houve uma lesão cerebral, mesmo que difusa, há sempre", ergue novamente o dedo, "o perigo de uma crise."

"Obrigado por ter me contado", respondo com uma voz que não me parece a minha.

"Ora, de nada, meu caro", continua. "Talvez isso possa lhe parecer brutal, mas é melhor saber das coisas do que ignorá-las."

"Claro", digo.

Estou de olhos embaçados, dirijo-me para a porta. Penso que nunca mais esquecerei esse episódio. De fato, nunca esqueci.

Bola de cristal

É a imagem predileta daqueles médicos que dizem não tê-la, quando não querem se pronunciar sobre o futuro. "Ah, se eu tivesse uma bola de cristal!", suspiram, enrugando a testa com uma perplexidade que imaginam sábia. Ou então: "Não temos bolas de cristal!", com um tom mais rude e corporativo.

Odiei-os durante anos. Refugiam-se atrás de uma metáfora proverbial, desgastada de tanto uso, esvaziada de toda credibilidade, ainda que fabulosa, como se tivessem de se defender de pretensões insensatas, ao passo que se trata apenas de pedidos de ajuda, apelos à esperança, fugas no futuro para se livrar do desespero do presente. E recorrem a uma frase talvez aprendida de um médico-chefe (as fatuidades dos melhores são os testemunhos que mais obstinadamente recordam) para se apossarem, incógnitos, da autoridade daquele. O álibi da ética profissional deveria disfarçar essa interrupção do diálogo. Mas os pacientes, e seus parentes, nunca acreditaram nisso. Na bola de cristal vislumbram não a aleatoriedade da adivinhação do futuro, mas a vileza de se subtraírem a uma análise penosa e dura, a um confronto arriscado e doloroso. Aqueles médicos, mais competentes e humanos do que eles, que sabem enfrentá-lo, nunca se arrependeram.

*

Lembro-me do professor que, três meses após o parto, atrás da escrivaninha de seu consultório, nos revelara a verdade, ou seja, o que ele achava. Refletira demoradamente antes de responder, numa penumbra carregada de angústia. Não recorrera à bola de cristal. Mais versado em medicina e seres humanos do que muitos de seus colegas, dissera-nos, com voz calma e firme, olhando-nos nos olhos:

"Não posso prever como será o filho de vocês. Posso levantar algumas hipóteses razoáveis.

"A mais otimista: o sofrimento cerebral, devido ao fórceps e à escassez de oxigênio na hora do nascimento, vai ser reabsorvido. Não deixou rastros consistentes. Os distúrbios podem ser marginais. Não é a hipótese mais provável.

"Vejamos a hipótese média: as lesões cerebrais, mesmo não sendo profundas, ofenderam os centros motores e os da linguagem. A criança demora para falar — se aos três anos seu coleguinha usa mil palavras, ele saberá dizer cem. Seu andar será imperfeito, a habilidade manual, defeituosa. Mas é inteligente, só apresentará formas de imaturidade, devidas até à parcialidade de sua experiência.

"Passemos à hipótese mais negativa. O eletroencefalograma é demasiado precoce para ser confiável, e não revelou a gravidade das lesões. As alterações da motilidade e da inteligência são mais fortes do que receamos. Não é a hipótese mais provável, em minha opinião.

"Mas posso estar errado. Vocês têm de viver um dia após o outro, não têm de pensar obsessivamente no futuro. Será uma experiência duríssima, não a amaldiçoem. Sairão dela melhorados.

"Essas crianças nascem duas vezes. Têm de aprender a mover-se num mundo que o primeiro nascimento tornou mais difícil. O segundo, depende de vocês. Nascem duas vezes, e o percurso será mais atormentado. Mas, no final, será um renascer para vocês também. Esta, ao menos, é minha experiência. Não posso dizer-lhes mais do que isso."

*

Obrigado, trinta anos depois.

A primeira consulta

A fisiatra nos recebe numa ante-sala escura, apertada, onde mal conseguimos nos movimentar. Algumas casas, assim como algumas pessoas, mostram o pior de si no vestíbulo, para depois corrigir a imagem inicial. Mas apenas os superficiais, dizia Wilde, não confiam na primeira impressão.

Com algum esforço conseguimos nos livrar dos sobretudos, passando o menino de um para o outro. Comprimindo os ombros contra a parede, abrimos um armário de madeira negra e socamos os casacos lá dentro. Em seguida, entramos numa sala-ginásio, com espaldares subindo ao longo das paredes e um tatame quadrado no centro de um piso de tacos desconjuntados. A tarde nevoenta dissolve uma luz cinzenta por trás dos vidros.

Somos convidados a nos sentar num sofazinho de vime, enquanto ela está empoleirada no alto de um almofadão enorme. Evidentemente, é a posição em que se sente mais à vontade.

Ao telefone, esquecera de nos falar de seus honorários. Agora especifica a quantia, insolitamente alta. Observa, desconfiada e insegura, nossas reações. Nós as disfarçamos com uma desenvoltura igualmente insólita.

"Tudo bem para o senhor?", pergunta.

"Tudo", minto.

Há um quê de desagradável em seus modos, algo de apreensivo e deselegante, que a torna irredutivelmente estranha, oscilante que é entre a hesitação e a agressão. Só me dou conta disso agora, com a distância dos anos. Naquela época, intimidado pela incerteza do diagnóstico e ansioso para ser reconfortado, preocupava-me com o humor do oráculo, ainda que percebesse confusamente seus limites. Quantos diálogos não deveriam ocorrer em outra época! Por vezes, são necessários anos para, ao menos idealmente, dar as respostas adequadas. Mas, nesse meio tempo, o interlocutor morreu ou desapareceu ou esqueceu daquilo. Só uns poucos afortunados, de reflexos fulminantes, têm aquelas reações que a memória do futuro poderia compartilhar. Mas não podemos imitá-los, desorientados pela dúvida ou petrificados pela surpresa.

*

A fisiatra, a esta altura, pede-nos para expor com clareza a história de Paolo. Parece recear um relato excessivamente pormenorizado e dispersivo, e me apressa, mal começo a falar, com um "siiiim", "siiiim", que é a negação de qualquer diálogo. Abrevio, simplifico, resumo. Por fim, desesperado, digo a Franca que lhe passe o menino, que está sobre seus joelhos. E ela o acolhe com uma avidez maternal, como uma libertação, estende-o no tatame, abre-lhe os braços, acaricia-lhe as mãozinhas, faz cócegas na sola dos pés. Dali por diante, verei os mesmos gestos serem repetidos por uma porção de especialistas, mas, nesta hora, me parecem sábios, ritmados, experientes. Pergunta-nos que médico nos encaminhou, e eu respondo nenhum. Como nenhum? Foi uma colega minha, que ouvira falar dela, por uma amiga. E o neurologista, o que disse? Não há nenhum neurologista. O menino, depois de quarenta dias, recebeu alta do hospital e o pediatra mencionou distúrbios que, com o tempo, serão reabsorvidos.

"Estão todos loucos?", diz ela, erguendo-se num salto sobre o tatame.

"Não, nada disso", responde Franca, pálida. "Viemos até aqui para uma confirmação."

A outra olha para ela, pasmada.

"Por segurança", acrescenta Franca, cada vez mais perturbada.

"Mas esta criança é vítima de uma calamidade!", exclama ela. "Tetraparesia espástica distônica! Parece-lhes pouca coisa?"

Sinto uma fraqueza repentina nas pernas.

"Não se trata de distúrbios passageiros!", continua ela. "É preciso começar agora mesmo!"

Arregalo os olhos:

"O quê?"

"A fisioterapia! Muitas horas por dia! E vocês terão de colaborar em período integral!"

Dirigiu-se a Franca, que deixa transparecer um pânico silencioso.

"Não se pode perder tempo!", acrescenta. "Já se perdeu tempo demais!"

Pergunto-lhe agitado:

"Que perigos corre?"

"Muitos", responde. "Não posso prevê-los todos. Depende da evolução dos sintomas."

"Por exemplo?"

"O andar", diz. "Talvez possa vir a ter um andar irregular."

"Como?"

"Assim", responde.

Ergue-se no tatame e, como uma bailarina gorda, os pés descalços, esboça um andar cambaleante, até perder o equilíbrio e cair de lado.

"Entende?"

"Sim", murmuro.

É uma imagem do horror — vejo Franca levando a mão ao rosto.

"É certeza", digo-lhe num tom neutro, sem saber se é uma pergunta ou um assentimento.

"Não, não é certeza", diz ela, erguendo-se no tatame e andando sobre ele aos saltos, como se o fizesse sobre uma camada de brasas. "Poderá ter a fala comprometida, a habilidade motora das mãos."

"E a inteligência?", pergunto, cabisbaixo.

"Não, acho que não." Dá de ombros. "Os verdadeiros problemas são outros."

Apóio-me no encosto de vime. Franca enxuga os olhos com um lenço.

"Mas ninguém informou vocês?", pergunta ela.

"Alguém, na maternidade", respondo. "No começo, depois não."

"Inacreditável!", exclama, virando o rosto, como se tivesse sido atingida por um tapa.

Olho para Franca, mas por ora me calo.

*

Enquanto descemos as escadas, analisamos, listando com fúria e detalhamento, os defeitos da fisiatra. É um balanço desanimador e encorajador ao mesmo tempo.

"Disse para tornar a ligar quando?", pergunto.

"Em quinze dias."

"Vai ligar?"

"Não", fita-me com uma segurança que tem certeza da minha. "Catastrófica demais. Ninguém nos falou nesses termos, não podemos confiar. Nós temos de confiar em quem acompanha a criança."

“Também penso assim.”

Acrescento:

“Não tem muita experiência. Está no começo da carreira.”

“Pois é.”

*

Quando vejo Paolo andando, cambaleando diante de mim, torno a vê-la cambalear no tatame, na sala cinzenta, ao pôr-do-sol, projetando uma sombra dilatada na parede. Penso que ela foi a única a nos dar, do futuro, a imagem mais próxima da realidade. E talvez por isso a tenhamos recusado.

O que é normal?

Nada. Quem é normal? Ninguém.

Quando a diversidade nos fere, a primeira reação não é aceitá-la, mas negá-la. E o fazemos começando por negar a normalidade. A normalidade não existe. O léxico que lhe diz respeito torna-se de repente reticente, pestanejante, vagamente sarcástico. Usam-se, na linguagem oral, os sinais da escrita: "Os normais, entre aspas". Ou então: "Os chamados normais".

*

A normalidade — submetida a análises agressivas, tanto quanto a diversidade — revela fendas, gretas, deficiências, retardos funcionais, intermitências, anomalias. Tudo torna-se exceção e a necessidade da norma, afastada pela porta, reaparece ainda mais temível à janela. Acabamos assim fortalecendo-a, como a um vírus que os tratamentos para suprimi-lo tornam invulnerável. Não é negando as diferenças que o combatemos, mas modificando a imagem da norma.

*

Quando Einstein, à pergunta do passaporte, responde "raça humana", não ignora as diferenças, omite-as num horizonte mais amplo, que as inclui e supera.

Essa é a paisagem que se deve abrir: tanto para quem faz da diferença uma discriminação, quanto para quem, para evitar uma discriminação, nega a diferença.

Instituto de Arte

Ensinei durante anos num Instituto de Arte. Entrara ali (segunda nomeação) quando tinha vinte e oito. Nunca conhecera um portador de deficiência. Hoje vejo muitos deles, não sei se porque o olho ficou mais apurado, ou se o número aumentou. Ambas as coisas, creio.

Numa classe, eu tinha uma aluna loira na primeira fileira. Os cabelos fluindo sobre os ombros largos, o rosto redondo, parecia-me uma nadadora australiana que acabara de sair da piscina e tornara a se vestir, após um treino. O corpo expressava desenvoltura e força. Serena, intensamente inexpressiva, os olhos luminosos, acompanhava a aula com uma atenção hipnótica.

Na primeira chamada oral, ela ao lado da minha mesa, as mãos atrás das costas, imóvel como uma estátua, não entendo o que ela diz.

"Você pode falar mais alto?", peço-lhe.

Joga a cabeça para trás, apertando os lábios, e faz sinal que não, como se lhe pedisse algo impossível.

Olho-a pasmado, e então ela se volta para a classe, quase

pedindo socorro. Alguns, numa e outra carteira, sorriem. Ela volta-se novamente para mim, sussurra palavras incompreensíveis.

Estico o pescoço em sua direção e faço sinal para ela falar em meu ouvido. Dobro a orelha com a mão esquerda, formando uma concha, típica dos surdos (deixo "deficientes auditivos" para os que não têm familiaridade com a deficiência). E ela se curva sobre mim, o rosto vermelho, sussurrando com voz fraca:

"Desculpe-me, não consigo falar mais alto."

"Não se preocupe", respondo autoconfiante. "É perfeitamente inteligível."

Tenho poucos anos a mais do que ela, e sinto-me disponível, generoso, correto, liberal. Um jovem professor magnífico, à altura da tarefa. A classe ri, alguns esquivam-se do controle curvando-se por trás das costas do colega, outros se cutucam, outros, ainda, gostariam de refrear a risada convulsa e transformam o ricto num relincho silencioso.

Solicito à moça respostas brevíssimas: títulos, datas, lugares, nomes, meras perguntas nocionais (coisa, aliás, nada desprezível, como compreenderemos quando as tivermos revogado). E ela desempenha brilhantemente seu papel, surpresa com minha metamorforse na chamada oral.

Dispenso-a com um largo sorriso e um ligeiro suor na testa. Está preparada, dou uma nota alta, registrando-a no caderno com uma gestualidade transparente. Sou um pequeno herói da didática moderna, funcional e desembaraçada. A classe também parece gostar, alguns passaram do riso ao sorriso, o que é um ganho nada insignificante.

*

Enquanto se senta, cansada e feliz, a colega de carteira informa-me que os problemas são menores com os professores das matérias técnicas, porque se fala menos. Só com o professor Cornali, de história da arte, as dificuldades se agigantam. Comunica-me o fato com uma franqueza desenvolta, fazendo com que a colega a ouça e concorde, e a classe também, que se reconhece em suas palavras. É minha delatora oficial, algo entre o representante sindical e o emissário do exército.

"Por que ela tem problemas com o professor Cornali?", pergunto.

A moça sorri maliciosa:

"Porque ele diz que é surdo."

Na classe, um burburinho moderado oferece a confirmação num coro cético.

A moça acrescenta:

"Mas ele ouve muito bem. Age assim só para complicar a vida dela."

A verdade provavelmente está no meio. O professor Cornali talvez seja meio duro de ouvidos, e a moça lhe cria alguns problemas, que são fraternalmente retribuídos.

"Vou verificar isso", comento.

Verifiquei. Mas no meio está a virtude, diz Horácio, e não a verdade. De outro modo, o problema estaria resolvido. A verdade, no que concerne aos homens, sempre é diferente.

*

Cornali não tem problemas de audição. Tem problemas é nas relações com os estudantes. Nisso não se distinguiria de nenhum de nós. Quem poderia negar? É verdade, há quem negue. Mas são os que pertencem àquela classe de idiotas eufóricos que declaram à televisão: "Tive tudo da vida". Que seriam até suportáveis não fossem arrogantes, esperando provocar, até no epílogo, inveja por uma vida imaginária.

Cornali, porém, tem problemas peculiares com quem padece de problemas. É um traço que pude precisar mais tarde, observando as reações que os portadores de deficiências provocam numa espécie ignorada de portadores de deficiências, os normais. O similar cura-se com o similar, é o princípio que Hahnemann, no século XIX, coloca como fundamento da medicina homeopática. O fraco cura-se com o fraco, é o princípio que vi aplicado na prática das relações humanas em múltiplas oportunidades, entre edificantes e sinistras. Se uma criança portadora de deficiência é inesperadamente colocada num grupo de crianças, todas de início a olharão com curiosidade ou espanto ou perturbação, conforme a inexorabilidade dos pontos de vista. As únicas a conservarem uma atenção concentrada, uma participação ambígua e um olho torpe serão as que nela buscam um espelho. Algumas, tão fascinadas quanto vencidas pelo medo de se reconhecerem nela, reagirão até com a fuga ou a agressividade. Mas voltar é seu destino viscoso, sua derrota reconfortante. Que a neurose atrai, intensifica e satisfaz outra neurose é, de resto, fato confirmado pela duração de muitos casamentos.

Cornali foi logo invocando com a moça. Deixou de fazer qualquer esforço para conseguir ouvi-la — assim contou-me a delatora durante o intervalo, no vão da janela do corredor, entre os olhares fugidios e cúmplices das colegas de passagem — e pediu informações minuciosas sobre as causas de seu distúrbio, contribuindo para acentuá-lo. Toda vez mostrava compreender muito pouco do que ela lhe dizia, curvada sobre a mesa, muito próxima dele. Não, ele não a deixava falar em seu ouvido; aliás, certa vez em que ela se aproximara, ele a afastara com um gesto violento. Ela caíra em prantos.

*

Descubro o que deveria ter imaginado. Cada professor tem um problema diferente com a moça, conforme a matéria. Mas cada qual consegue contornar o obstáculo. Isso atenua o orgulho por minha versatilidade. Ser *primus inter pares* nunca satisfez uma ambição, sobretudo quando *pares* são todos os outros. A única exceção é Cornali, que a meu lado, na reunião do conselho para as notas finais, pergunta-me, quando estamos chegando perto do nome da moça:

"Mas você consegue entender alguma coisa quando ela fala?"

"Consigo, tudo", respondo com calma.

"Como assim, tudo?", replica. "Mas então eu devo ser surdo!"

"Pode ser", respondo, lançando-lhe uma daquelas olhadas.

"Pare com isso!", exclama. "Seja sério. Pelo menos diga que entende uma parte."

"Quase tudo."

Introduzo a correção do *quase*, sempre preciosa para a credibilidade do *tudo*.

Ele abana a cabeça:

"Comigo ela não passa."

"Por quê?"

"Porque eu não a entendo", responde resoluto. "Não entendo o que ela diz. Deve ser um limite meu."

"Com certeza."

"De qualquer modo, todos temos nossos limites. Ela tem os dela, eu tenho os meus."

"Não pode fazer nada para superá-los?"

"Fiz, pode acreditar", diz contrito.

Acrescenta:

"Não consigo. É uma bela de uma desgraça."

"O quê?"

"Ter um defeito como o dela. Não sei como chamá-lo, se atonia, afasia, timidez, bloqueio emotivo."

"Sabe qual é a verdadeira desgraça?", respondo, sem deixar de olhar para a frente, em direção à janela fechada pelas grades. "Ter uma cabeça como a sua."

Não replica. Ouço-o à minha esquerda, respirando mais ofegante. Finalmente fala (e não dá para entender se é uma pergunta ou uma intimidação):

"Você está brincando, não é?"

"Não, não estou brincando", respondo sério. "Talvez esteja exagerando."

Para prevenir a ira, aconselham a exibir calma.

"A verdadeira tragédia é a cabeça", continuo. "Até Cristo disse isso. O mal é o que sai da boca, e não o que entra."

"Deixe Cristo para lá!", sibila. "Não agüento que você fale desse jeito comigo!"

É ilimitada a quantidade de coisas que os homens agüentam, enquanto negam poder fazê-lo. Não me preocupo com isso. Sou o dobro dele, em estatura e peso. Sinto o sangue martelando minhas têmporas, a boca seca. Faço um pequeno recuo estratégico.

"Eu não quero ofendê-lo", digo num tom mais baixo, quase como se fosse uma confidência. "Só que eu é que seria o professor à moda antiga. Você me joga isso na cara o tempo todo. E você, o que é?"

Sempre é bom, ao atacar, fingir-se agredido.

Ele aproveita o álibi que lhe ofereço e abranda o tom.

"Diria que você é exigente demais."

"E o que você espera de uma moça que tem uma deficiência?"

Talvez seja a primeira vez que uso o termo, destinado no futuro a condicionar-me a vida. Receio tê-lo pronunciado com aquela indignação oratória típica dos que não estão envolvidos (ostentam-no largamente políticos e literatos). Ele com efeito reage com brutal indiferença:

"Mas qual, deficiência! É imatura! Demonstra-o seu comportamento! Não temos de incentivar quem tem um defeito, temos de estimular sua superação!"

O diretor, acima das lentes, olha em nossa direção. É um homem paciente, brando, estudioso de Zanella, a seis meses da aposentadoria: quarenta e três anos de escola ensinaram-lhe que no *respeito à disciplina* há uma palavra supérflua, *disciplina*. *Respeito* bastaria.

"Queira nos desculpar", digo, também em nome de Cornali.

Ele assente, levando os óculos de volta ao alto do nariz.

Sinto que aquele *nos* foi um pronome lenitivo para Cornali. O complemento verbal nos uniu, mesmo que só gramaticalmente. Mas a gramática age muito mais do que acreditamos sobre o que nos resta de obscuro no inconsciente.

Com voz quase imperceptível, não muito diferente daquela da moça, sussurro:

"Sinto muito por ter falado com você daquele jeito."

Ele faz sinal que sim com a cabeça, talvez por não querer comentar, ou por não querer aborrecer o diretor.

Acrescento:

"Desculpe."

Ele aperta os lábios pensativo. Imagino que se considere ressarcido e, sobretudo, isentado de uma continuação problemática das hostilidades.

Cometo um erro:

"Que nota vai lhe dar?"

"Quatro", responde.

*

A luta para salvar a moça da condenação prolongara-se por meses (uso o pretérito mais-que-perfeito, que reservo para os eventos históricos, ao menos em minha gramática privada). E inserira-se numa campanha mais ampla, conduzida por Cornali contra meu método de ensino.

Cornali considerava-se o arauto de uma nova pedagogia. Logo ele, que humilhava quem já era humilhado pela sorte inventando para si uma surdez, proclamava agir pela libertação dos estudantes. Propusera e obtivera — não sem a oposição tácita dos mais sensíveis — que os estudantes o tratassem por você. Muitos, de resto, acham que a igualdade também diz respeito à gramática dos pronomes. E não estão de todo errados. Mas, não raro, também adorariam livrar-se da gramática.

Pedindo aos estudantes que o considerassem um contemporâneo, Cornali os constrangia, dados os trinta anos de diferença. Parecia um daqueles pais que se professam amigos dos filhos, iludindo-se que estão compartilhando com eles não só os jogos, mas também a idade.

*

Um dos passos seguintes fora substituir a nota do professor pela do estudante. Um experimento que eu mesmo abandonara, no segundo ano de ensino, após ter constatado os perigos: os estudantes mais conscientes e orgulhosos, tentados por altivas autopunições, davam-se as notas mais baixas. Os mais espertos e engraçados, as mais altas. E todos ficávamos insatisfeitos, a classe e eu. Cornali, ao contrário, pulando a verificação do experimento — fase de que os ideólogos não têm a menor necessidade —, passara até à sua correção. Corrigia, com efeito, melhorando-as, todas as notas, gratificando a todos: quer os mais preparados, que passavam de seu seis, quaresmal e punitivo, para um oito entusiasmado, quer os menos merecedores, que chegavam a uma qualificação generosa. Sua classe, disseminada de gênios desabrochando e de talentos na sombra, tinha sido sublevada e quase arrastada por uma onda de euforia. Eu era informado por ele próprio, que fazia comparações com a minha classe.

"Veja", dizia-me com o ar pacífico e meditativo dos agressores ocultos. "Você trata por *senhor* seus estudantes, e eu entendo, porque você é muito mais jovem do que eu e precisa de distância, que você *toma* por autoridade. Mas eu, com a idade que tenho, posso me dar ao luxo de usar o *você*, porque não preciso simular autoridade. Eu a tenho, e abro mão dela."

Era uma daquelas mentes em perene efervescência, em que as idéias fervilham e se agitam sob a gerência de uma cozinha irresponsável. Os ingredientes isoladamente são respeitáveis, o sabor é agradável, mas o conjunto é intragável.

"Sei que você gosta de disciplina", acrescentava. "E este também é um sinal de sua velhice precoce. A disciplina é uma herança autoritária."

"Não", dizia eu. "É o contrário. Autoritário é o caos de sua aula, onde quem tiver voz mais alta domina os outros. Eu exijo que ao explicar, ou quando alguém faz uma pergunta, os outros tenham condições de ouvir. Não sendo assim, que vão para algum outro lugar."

"Está vendo como você é um professor à moda antiga?", replicava ele, como se estivesse flagrando um criminoso. "Você exige silêncio."

"Claro", respondia. "Como um pianista. Eu para tocar, os outros para ouvir."

"O que me espanta", concluíra ele, pensativo, "é que os estudantes o respeitam. E no entanto você é exigente demais."

Olhava-me, na confusão radiosa de suas idéias, com um espanto autêntico. De fato, ele nem sequer imaginava que os estudantes me acompanhavam também por isso. Tampouco provocava-lhe reflexão a ruína das aulas em que a disciplina ruíra — e cujas violações o diretor já não reprimia.

"Aliás", exclamava. "Mais uma confirmação! A autoridade, a superioridade reconhecida, de que fala Horkheimer, não necessita de respaldos."

(E quem não tem autoridade, pensava eu, faz o quê?)

Sua lógica perversa, sua razão parcial que se pretendia total, gerava novos equívocos. Que eu conseguisse ser ouvido sem ameaças ou sanções, fortalecia-o para — em nome de um critério falsamente igualitário — negá-las a todos os professores. Assim, acabava justificando a indisciplina, enfurecendo-se contra os colegas que não eram capazes de reprimi-la.

"Uma razão a mais para garanti-los", objetava eu. "Se não sabem se impor, temos de deixá-los à mercê da classe?"

"Pior para eles", dizia, com os olhos faiscantes de ferocidade.

"E as matérias deles", perguntava, "quem vai aprender?".

"Ninguém", respondia-me impávido.

De fato, assim acontecia. Não se tratava do futuro dele. Essa é a verdade cínica que foi se esclarecendo para mim ao longo dos anos. Ainda que cínico seja um adjetivo amiúde reservado não para quem encarna um comportamento, mas para quem o denuncia.

*

Classes inteiras desertavam, física ou mentalmente, cursos inteiros. Ouviam-se, ao se passar nos corredores, professoras gritando não para pedir silêncio, mas para se fazer ouvir acima dos berros. Às vezes logravam obtê-lo de repente, porque os alunos se deixavam tocar por aqueles pedidos, entre exasperados e estridentes.

Cornali, mais que tomar o partido dos estudantes, se enfurecia contra os colegas. Sua rabdomântica captação das causas erradas o fazia, por fim, descurar das razões mais significativas e compartilháveis daquela geração em revolta: embora disso tudo só chegassem a nossa escola ecos fracos e atenuados. Minha posição, ora de adesão, ora de discordância, parecia-lhe, em lugar de uma escolha problemática, uma estratégia prudente. Certa vez até me acusara de inteligência. De outra, censurou-me a capacidade analítica, típica desforra de quem é desprovido até da sintética. Sua contribuição mais consistente à renovação da escola fora o esfacelamento da disciplina. Não sei como anda a situação hoje, deixei o ensino há muito tempo. Receio que, sob esse aspecto, tenha piorado, porque se naqueles tempos a indisciplina era revolucionária, hoje é institucional. Os professores mais capazes neutralizam-na, prodigalizando a própria paixão didática. Não são a maioria. Os outros, abandonados da terra em alto-mar, comportam-se como é inevitável em caso de naufrágio: aliviam a carga. Exigem cada vez menos, e assim — ao menos nos documentos burocráticos, que se tornaram os sacrários da nova escola — obtêm cada vez mais. Não há mais como baixar o critério de avaliação para erguer o aproveitamento de uma classe: compromisso amiúde tão calado pela humilhação dos docentes como ignorado pela inexperiência dos alunos. Isso ao menos é o que me confessam alguns professores sinceros, a não ser que eu ande em más companhias.

*

Cornali, que apoiava a abolição da nota de comportamento (uma instância que o futuro tornaria supérflua), introduzira em seu curso uma inovação: o estudo regressivo da história da arte, do século XX até a idade da pedra. Que seria como sugerir que alguém, para tornar o percurso mais desimpedido, andasse para trás. Os alunos de início aderiram com curiosidade, atraídos pela novidade da proposta. Depois perceberam que o andamento era mais vagaroso, exigia paradas contínuas e explorações nos dois sentidos para evitar tropeços. Mas já era tarde demais para voltar ao método antigo.

"Eu não quero comparar", dizia, como é premissa de quem está prestes a fazê-lo. "Mas enquanto sua classe lhe obedece, a minha acompanha-me. Você incute submissão nos estudantes, eu, simpatia. Eu faço com que se sintam gênios, você, trabalhadores."

Ouvia-o divertido, havia um calor genuíno no gêiser de suas idéias, que parecia o traço mais simpático de seu caráter. Considerava-se, e adorava repeti-lo, um criativo, dote que o autorizava a propor as hipóteses mais improváveis, que ele próprio anulava com um gesto da mão, como loucuras de um gênio mundano em dia de licença. Uma citação dos Veda, uma frase de Lao-tsé, uma máxima de Confúcio davam a suas palavras, ao menos nas intenções, o passo flutuante de uma dança oriental. E a impressão, de fato, era de leveza, desde que não se demorasse no que dizia. Como muitos dos denominados criativos, tinha mais interesse pela criação do que por seu objeto. Só que no final queria o aplauso para o último (e não lhe faltava). Em sua singularidade, era um produto em série, típico de nossa sociedade, mas não sabia. Provavelmente ficaria horrorizado ao espelhar-se num similar, prova que a vida lhe poupara.

"Nove meses para fazer uma criança", eu lhe respondia com decepcionante monotonia. "E a escola dura nove meses. Veremos no final quem está certo."

"E como vai comprovar?"

"Pela reação da classe. É o melhor teste."

*

No final, o mestre, antes das provas finais, lançara mão de um golpe de cena. Comunicara a cada estudante a nota que receberia, e ao mesmo tempo revelara as relações de escala: aos melhores reservara as notas mais baixas (por não terem aplicado do melhor modo os talentos que possuíam); aos mais fracos, as notas mais altas (para premiar seus esforços).

A classe reagiu do modo que qualquer um, exceção feita ao

profeta, poderia prever: com um silêncio atônito, uma catástrofe emotiva. Perturbados, consternados, cabisbaixos, conhecendo meus conflitos com Cornali, os estudantes vieram ter comigo para me pedir conforto. Os melhores não conseguiam se recobrar da injustiça de uma classificação inferior à dos piores. Cornali os supusera — com a depravação imaginativa recorrente nos ideólogos — totalmente insensíveis às notas. Ora, encontrar um jovem insensível às notas é tão raro quanto encontrar um que seja insensível ao dinheiro. Quanto aos "insuficientes", Cornali os previra radiosos pelo almejado salto de qualidade. E, de fato, uma nota seis os teria satisfeito, mas o oito os havia desmoralizado, equiparando-os a ineptos a serem gratificados sem medida nem esperança. O mais decepcionado, de qualquer maneira, era Cornali, espantado com o fato de a nova geração não produzir um homem geneticamente diferente da sua.

Sua visão da História induzia-o a imaginar o homem novo como um daqueles monstros extraterrestres que tem o crânio enorme e as pernas finas. A cabeça deveria acumular a experiência dos milênios, ao passo que o corpo reproduziria a fragilidade da criança. Descobrir, ao contrário, que recomeçavam tudo de novo o havia feito ver, à luz do ocaso, aquele mundo que os outros viam à luz do alvorecer.

*

O aspecto mais desconcertante de sua conduta, no final daquele ano turbulento, fora sua fúria contra a moça. A energia com que defendia o direito dos portadores de deficiência era igual à obstinação com que a perseguia. Para ele, no entanto, não havia contradição. Estava convencido de que a moça não era portadora de deficiência. Relutava em acreditar nos distúrbios da mente, talvez por se sentir ameaçado por eles. E tendia a atribuir a uma vontade inerte, a uma preguiça inata, a uma baixeza oculta a incapacidade de superá-los com a razão. Sofria de uma dupla distorção do olhar, tomando os sintomas por escolhas voluntárias e pensando que uma punição motivada os exorcizaria para sempre.

*

Eu tornara a refletir, ao conviver com ele dentro da escola, sobre o tema das contradições. E tinha chegado à conclusão de que, seja como for, para os homens, as contradições não existem. Existem no plano verbal, existem no plano lógico-matemático. Mas é inegável que os homens podem dizer uma coisa e fazer outra, sem que haja contradição em suas mentes. As pessoas mais brandas e os criminosos mais cruéis podem recorrer, é verdade, ao princípio da contradição para justificar seus erros, mas sua conduta, ao fim, só poderá ser compreendida renunciando-se àquele princípio: se formos buscar uma coerência inapreensível, uma finalidade desconhecida, uma coação irresistível. Por fim, a ação não parecerá contraditória, mas necessária: e o princípio de contradição, aplicado naquele caso, absurdo.

Não estou falando da razão de Descartes. Nem da região em que os viajantes do sonho se perdem e tornam a se encontrar. Estou me referindo antes ao indivíduo, isto é, ao núcleo mais misterioso e mais obscuro, e à vigília de suas palavras.

*

A moça compreendera que Cornali, ao defender os portadores de deficiência e acusá-la, não era vítima das contradições, mas as dobrava a um querer incoercível. Usava, para conseguir esse resultado, a arma mais suja e mais eficaz: a razão. E, por fim, conseguira fazer com que ela se recusasse a responder, trancando-se num mutismo culpado e sem aberturas. Ele contara-me o fato com um ar de triunfo, como se fosse a confirmação definitiva de sua imaturidade. É curioso que o conceito de maturidade seja o mais invocado pelas pessoas imaturas. Mas mesmo neste caso, trata-se de uma contradição aparente: na realidade, acusando a imaturidade dos outros, defendem a própria.

A moça desistira, no último mês, de estudar a matéria que Cornali lecionava. Acompanhava com um interesse silenciosamente polêmico suas aulas, até porque ele era um dos poucos que sabia dá-las. Não quero me contradizer, verbo fatal, com o que eu disse anteriormente, mas Cornali era uma mente rasgada por clarões de inteligência, não menos do que de idiotice. Até pelos portadores de deficiência, que então eram simplesmente rejeitados pelas escolas, ele se batera furiosamente para que fossem aceitos. Foi naquele período que, embora entre opressões e violências, enfrentou-se, pela primeira vez, de modo radical, o nó da integração. Não se deve esquecer isso, numa época que faz dos balanços ininterruptos ocasião de novas injustiças e discriminações.

*

Na reunião final do conselho, quando chegamos ao nome da moça, Cornali não expressa um parecer. Cada um de nós manifesta o próprio apoio com argumentos ratificadores; ele se cala. O diretor, que procura manter os últimos restos da autoridade com o *senhor* que reserva a cada docente, dirige-se a ele com paciência:

"Ao menos diga-nos sua nota."

"Aprovada", responde Cornali.

A fotografia

"Assim, parado!", intimo-o, enquanto ele se volta, braços esticados, agarrado à haste do guarda-sol, pés mergulhados na areia, corpo na diagonal formando uma hipotenusa. Mas a boca já se contrai, o sorriso virou careta. Cai para trás, de palmas abertas, enquanto aperto o botão fora de hora.

"Outra vez", digo.

Viro-o de bruços na areia, que passo em suas costas até mergulhá-lo, como nossa vizinha de guarda-sol, uma octogenária, enrugada pela idade e pelos raios ultravioleta. Está convencida de que o sol é a fonte da saúde e que quanto mais penetrar em sua carne murcha, tanto mais estará próxima da imortalidade. Morrerá no ano seguinte, como uma lacraia tostada numa fornalha.

"Segure o rosto com as mãos", digo.

Ele obedece, mas os cotovelos escorregam na areia, e o queixo afunda.

Ajudo-o a refazer a pose. Mas quando encosto o olho na objetiva, ele já está estirado de novo.

"Nunca vai conseguir fotografá-lo nessa posição", diz Franca erguendo-o pelas axilas e sacudindo a areia. "Seria difícil até para nós."

Eis uma frase a que recorre continuamente quem assiste os portadores de deficiência. *Nós*, como termo perene de comparação, símbolo de uma normalidade suprema, linha de chegada tão inalcançável quanto comum.

Insiste:

"Por que quer fotografá-lo nessa posição?"

Nem eu sei, estava pensando num anjinho de cotovelos apoiados na moldura de um quadro renascentista. Por que será que procuro modelos tão remotos e absurdos?

Faço ele ficar de cócoras na areia e cavo um buraco a seu redor. Ele cai para a frente, sujando o rosto. Não chora porque compreende que eu sou o único responsável por seus apuros, e dirige-me um olhar entre a repreensão e a proteção. Às vezes é paternal comigo — é um dos traços que me emocionam.

Limpo-o bem depressa e torno a sentá-lo de pernas cruzadas, como um pequeno Buda.

"Isso, parado assim, não se mexa!"

Repito a frase típica de meu pai, um dos poucos que nos veraneios de antes da guerra possuíam a lendária Zeiss alemã, quando me fotografava sobre os gramados de Caglio.

O pequeno Buda vacila antes de precipitar-se para a frente. Aperto o botão enquanto ergue o rosto, atemorizado, em minha direção. Na foto adquiriu um ar sério, preocupado, normal.

"Esta!", aponta Franca, colocando-a no quadro de vidro que fica no meio do corredor.

O irmão

A família defende-se contra os inimigos. Alimenta, aliás, a percepção do perigo (como Roma alimentava, diz Sallustio, o medo, para encontrar a solidez interior). Mas depois descobre o inimigo em casa. Paolo tem um inimigo. Seu irmão.

Alfredo é três anos mais velho. Também ele tem agora um inimigo em casa. Antes era o filho único, não tinha de dividir os pais com um rival, o reino era todo seu.

O que o trai? Seu riso. É o riso que revela os homens, não o choro. Muitos são os animais que choram, mas a rir, que eu saiba, foram somente os macacos antropóides. Depois, vêm os homens.

Alfredo ri por motivos não raro incompreensíveis. Se seu irmão se afasta da parede do corredor para chegar à outra com três passos, ele ri, observando-o de uma certa distância, agachado à entrada de seu quarto. Quando Paolo chorava com dificuldade, com um gemido sufocado, fraco, que o fazia suspender a respiração, assim como ocorria conosco (é uma angústia uma pessoa não conseguir chorar), ele ria de um riso convulso.

"Riso nervoso", dizia Franca, renovando uma expressão que provavelmente aprendera na infância. Com efeito, noutros tempos, os nervos eram o subconsciente. "Esgotamento nervoso", dizia-se dos que eram corroídos pela neurose. "Forte esgotamento nervoso", quando desmoronava sob os golpes do inimigo interior. Se ao contrário fosse dado a cenas, dizia-se "louco".

Eu comecei a desconfiar do sorriso de Alfredo.

Ria quando seu irmão tropeçava. "Riso idiota", comentava Franca com uma variação. Mas, à minha desconfiança, acrescentava que todos rimos quando alguém cai.

"No cinema", replicava eu.

"Não, na realidade. Todos somos sádicos."

Essa conclusão, apresentada de modo tão ecumênico e cativante, tivera o poder de confundir-me. Mas de outra vez — quando Alfredo rira ao ver o irmão precipitando-se por uma escada — eu perguntara a ela: "Por que você não está rindo?". Essa objeção a desconcertara. Refugiara-se, para defender Alfredo, por trás do álibi que reservamos aos jovens quando nos ferem, ou seja, que são jovens.

*

Eu, no entanto, continuara pensando naquilo. Alguém pode deixar de se preocupar com uma pequena catástrofe. Pode permanecer indiferente. Mas, e se ri? Riso nervoso? Riso idiota? Não, riso de felicidade. No cinema rimos se o arrogante escorrega, se o tirano esmorece, se o malvado sucumbe. Era esta a chave de tudo: o inimigo cai.

O inimigo de Alfredo era seu irmão e, quando o via em dificuldades, tirava dali um efêmero e estéril alívio. Ria com mais freqüência que antes, traindo uma sinistra euforia, uma alegria amarga. Paolo obstinava-se numa empreitada então desesperadora: amarrar os sapatos. Há apenas dois anos ele consegue, e é uma das conquistas indispensáveis para se falar de autonomia, ao menos segundo um manual de reabilitação (não sei se fico tranqüilizado ou desconcertado com esse marco, de qualquer modo precioso para nosso orgulho). O que o impedia de realizar a tarefa não era só a dificuldade com as mãos, mas o peso do corpo, que a certa altura rompia o equilíbrio e fazia com que se precipitasse para a frente. Alfredo assistia extasiado a essas vãs tentativas, e sua mãe, entrando certa vez no quarto, agredira-o: "Não pode ajudá-lo um pouquinho? É seu irmão!". "Justamente! Eu deveria ajudá-lo? Tem de aprender sozinho!" Infinitos são os argumentos com que os outros nos negam ajuda, mas o mais astuto é o de que querem nos ajudar. "Mexa-se!", agredira-o Franca, dando-lhe um empurrão com o braço, fazendo-o cair por sua vez.

Espantava-me não que o ódio tivesse nascido, mas que persistisse. Falara disso um dia com uma amiga psiquiatra, e ela sorrira complacente, como se reencontrasse um velho conhecido. Voltara-me à mente, não sei por que associações, um naturalista com quem fizera amizade num Club Mediterranée e que, diante de um besouro apertado entre os dedos, tivera um ligeiro devaneio científico, murmurando "*Lucanus cervus*". Ela também estremecera. "Caso comum", ela suspirara (sempre nos sentimos confortados quando achamos o absurdo normal. Graças a isso o suportamos).

"Pura inveja do irmão menor", explicara, "mimado pelos pais e no centro das atenções." "Sim, mas por causa de seus problemas." "Que importância tem isso?", replicara: "ele deixou de ser o sol para se tornar um satélite. Nunca poderá lhe perdoar isso. São feridas que nunca cicatrizam."

*

Nunca entendi por que no inconsciente as feridas não cicatrizam. Quase todas as feridas cicatrizam, mas no inconsciente sangram a vida toda. Talvez por serem inconscientes, isto é, todos as conhecem menos o interessado. Alfredo não se dava conta, ao menos aparentemente, que odiava Paolo. Certa vez lhe descrevera, com paciência, a condição de seu irmão e a comparara com a sua. "E então?", perguntara-me. "E então você tem de ajudá-lo." "Por quê? Por acaso não o ajudo?" "Não, você faz o contrário." Nunca esquecerei seu choro, inicialmente queixoso, em seguida cada vez mais alto. Só conseguira interrompê-lo sacudindo-o. "Raciocine!", lançara-lhe na cara. "A última coisa que você podia lhe dizer", reconfortara-me minha amiga. "Somente o amor pode aliviar as feridas. Você tem de amá-lo mais do que antes."

Eu, porém, o amava cada vez menos. Isso era o que me preocupava. Pode-se condenar tudo, menos o que se sente. E no entanto, a única coisa que os outros fazem é sugerir isso. Constroem sistemas coerentes, postulam comportamentos matemáticos e tiram deduções inevitáveis. Se você ama, tem de reagir assim. Mas eu sinto coisas diferentes. Franca espanta-se cada vez menos com isso, a outra me acusa. Quantas vezes fingi reagir como esperavam de mim? Claro, minha reação era fingida, mas que certeza temos de que o teorema era rigoroso? E que as reações que eu simulava eram as únicas "certas"? A vida sabe mais que um teorema. Fosse como fosse, eu as sentia injustas, ao menos para mim, e talvez amadurecer seja respeitar a injustiça das próprias reações. Talvez amadurecer seja substituir à justiça das convenções a injustiça da liberdade. Ainda que esta — estou me dando conta — bem que poderia ser a introdução a um manual do criminoso.

*

Alfredo, que frustrava minhas expectativas, poderia ter invocado os mesmos álibis. Se sentia aversão por seu irmão, era culpa dele? E eu por acaso não estava frustrando suas expectativas de compreensão, ou até de solidariedade? As razões dos fracos só nos atingem quando se tornam as nossas.

Alfredo fora deposto de chofre e não conseguia se conformar. Além disso não sentia a menor simpatia pelo irmão. A fragilidade que deveria tê-lo enternecido — ainda o verbo "dever" —, ao contrário, aumentava a distância. A patologia o afastava, a desconfiança se transformava em repulsa. Compreendia o que ele sentia porque às vezes eu também sentia.

Isso fazia com que ele me parecesse estranho. Relutamos em aceitar, agigantados nos outros, os defeitos que receamos ter. A diferença de escala conspira com o remorso para torná-los intoleráveis. No rosto de Alfredo eu via uma careta de desprezo assim que Paolo, recebendo a bola de borracha no peito, tentava agarrá-la, quando já não podia fazê-lo, e a bola já tinha ricocheteado no chão. Se a coisa se repetia, Alfredo ria. Eis a diferença entre mim e ele. Eu estava exasperado, ele satisfeito (nunca nos faltam as comparações a nosso favor). Mas Paolo, no meio de nós dois, por vezes não agüentava, e começava a chorar com as mãos agarradas ao chão, como se este também lhe fosse escapar.

Corpo a corpo

O diretor da escola primária é um portador de deficiência. É manco, e, quando anda, move cada passo com uma minúscula genuflexão, esticando de lado a perna esquerda. Quando está sentado, apóia freqüentemente o queixo numa bengala, que finca diante de si como uma clava.

Percebo, ao descrevê-lo após tanto tempo, que nunca soube, nem procurei saber, a causa de sua desvantagem. Poderia ser um inválido de guerra ou uma vítima da poliomielite. Essa desatenção, ainda mais significativa num caso como o meu, ensina-me algo sobre a distância que nos divide das pessoas portadoras de deficiência.

De qualquer modo, sua deficiência era ocultada por uma energia impressionante. Levantava-se com violência atrás da escrivaninha, rodando a perna rígida. E quando avançava pelo corredor, alto, esquelético, a barba hirsuta, curvado sobre a bengala, com seu andar aos saltos, professores e crianças retraíam-se ao longo das paredes. Quem percebia tarde demais sua chegada, subtraía-se num salto de sua proximidade. E ele, que percebia a seu redor aquela atmosfera perturbada, não deixava de intensificá-la, erguendo a bengala, para indicar um ponto ou uma pessoa e transformar o gesto em ameaça.

*

Sabia que era temido, dentro da escola, como um inconveniente mulherengo. As professoras tinham de se defender de sua rude avidez. Às mais idosas solicitava uma despachada solidariedade sexual, um socorro imediato e temporário. Às mais jovens dedicava um assédio mais cauteloso, mas não menos insistente. Convocado certa vez à delegacia de ensino devido à denúncia de uma subalterna, conseguira reverter a acusação numa desastrada tentativa de corrupção. Talvez hoje, espero, isso não acontecesse. Mas naquela época, como dissera sua vítima, perdera-se a esperança de forçá-lo a suas responsabilidades. Nem faltavam, entre funcionários chamados "não-docentes", mulheres que tinham tido com ele relações íntimas, uma expressão que no caso dele evoca um quê de suspeito e de sórdido.

Esse sátiro do interior, áspero e loquaz, emigrado para a metrópole, era um caçador de sucessos tão fulminantes quanto efêmeros, de prazeres arrancados graças à surpresa e à intimidação, e de ligações viscosas com mulheres prostradas por inconfessados desesperos. A mim lembrava os saqueadores de ruínas, os chacais dos terremotos, que outrora eram fuzilados no ato, expressão inestimável (uma variante era "passados pelas armas"): uma terminologia que sempre satisfez, com o respaldo da eqüidade, meu instinto de homicídio.

É pena não poder estender o castigo aos ladrões de almas, para além dos de corpos. Detesto os colecionadores de furtos sexuais, dispostos a recorrer a qualquer estratagema para obter o que os estupradores de corpos conseguem com a violência. Esses estupradores de almas por vezes são confundidos com sedutores, mas têm algo que os distingue, à parte a identidade aparente do objeto (nunca uma palavra foi mais adequada) de seu desejo: é que nunca são pegos por sua presa, nunca vencidos pela derrota da vítima. Cortejam as mulheres com a mesma determinação lúgubre com que os misóginos as evitam: ambos, de fato, as odeiam, embora com modalidades e conseqüências diferentes. Seu desprezo coincide com a imagem de si que a outra parte compartilha, confirmando-a e selando-a. E o homem tira dali seu álibi para a cada vez recomeçar sua caça.

O diretor da escola primária Martin Luther King talvez nem pensasse nesses álibis. Os únicos efeitos a lhe interessar eram os penais. Ora, os ladrões de alma são certamente mais imorais do que os ladrões de uma maçã (a fruta bíblica predileta nessa espécie de metáfora), mas nenhuma lei os persegue. A intenção, de fato, se não se transformar em crime, nunca é uma culpa. E esse é o minúsculo abismo que separa os dois códigos — o penal e o moral.

Com tais preconceitos bem sedimentados, encontro o diretor no primeiro andar de um edifício recentemente construído, feito de cubos deslocados, ligados por escadas, pontes e corredores suspensos. Numa área constelada de gramados e plantas, uma impressão novecentista de leveza e espaço, no lugar da segregação lombrosiana em que minha escola está mergulhada.

Ele mostra uma áspera cortesia ao me falar, como diz, de colega para colega, e ao me convidar a nos tratarmos por você, já que tem o melancólico privilégio de ser mais velho. Espia-me com os olhos avermelhados de excitação, acima das faces cavadas. Menciona logo, apontando a perna rígida que desponta na lateral da escrivaninha, as desgraças que nos unem. Há uma alegria tétrica e selvagem nessa solidariedade indireta, o humor hilário e azedo de quem está acostumado a compartilhá-lo consigo próprio e com os subordinados, que não têm escolha.

Depois acrescenta:

"Vamos ser francos."

Sempre temi essa frase, que nunca é convite à transparência, mas abertura de hostilidades.

"Você teve uma sorte enorme em encontrar um diretor como eu."

Olha-me para avaliar o efeito de suas palavras:

"Se há alguém capaz de compreender os problemas da deficiência, esse alguém sou eu."

Aquiesço, lançando um olhar discreto em direção à perna.

"Aqui seu filho terá toda a assistência de que necessita. A professora certa, a classe certa, o andar térreo."

Deveria estar contente, e de fato estou. Mas me parece um agente turístico ou um corretor imobiliário exaltando um produto para justificar-lhe o preço. Qual será o preço?

"Você não precisa se preocupar com nada. Apenas com o transporte; bem, isso você terá de providenciar."

"Virá de carro, ou de kart", tranqüilizo-o. "Minha mulher cuidará disso."

"Então está tudo certo. Mas...", interrompe-se, pensativo, como se me avaliasse à luz de uma idéia que acabasse de atravessar sua mente. Por enquanto adia. "Também para os intervalos, as interrupções e as ausências, não há com que se preocupar. Imagino que seu filho necessite de um olhar especial."

Hesito:

"É, melhor pensar nisso."

"A professora é a melhor que posso lhe dar. É uma loirinha de Bolzano. Chama-se Bauer. Não lhe falta nada, a não ser um pouco de compreensão com os homens."

Investiga-me:

"Gosta de mulheres, hein? Aqui temos um razoável sortimento. Ah, se não fosse a perna!"

Estica-a lateralmente, simulando um acesso de dor.

"Faço o que posso", prossegue. "Mas não posso abrir mão. Sabe o que dizia não lembro quem? Que para ele era indispensável, assim como comida. Para mim é a mesma coisa."

Acrescenta:

"Fiquei viúvo há dez anos. Melhor assim, coitadinha. Não sou talhado para o casamento."

A secretária, aparecendo à porta, às minhas costas, deve ter lhe dirigido um sinal, porque ele assente e ela lhe traz uma pasta aberta, com algumas folhas para assinar.

Observo-o à contraluz, com uma imensa vidraça ao fundo, e parece-me o perfil do diabo coxo, que desceu pela chaminé para se insidiar nesse prédio de vidro.

"No que está pensando?", pergunta-me.

"Em nada", minto (como sempre, quando se responde assim). "Aliás", corrijo-me, "pensava na impressão que a sua escola dá."

"Ou seja?"

"De eficiência, de bom funcionamento. Já tinham me falado, mesmo."

"Ah, é?", pergunta-me, entre curioso e apreensivo.

"É", respondo, "a única ressalva que ouvi por aí diz respeito às suas aventuras."

"Que aventuras?"

"Com o sexo oposto."

Acho que nunca usei essa expressão, que me parece uma ponte entre o evolucionismo e a solidão. Provavelmente, deve-se à presença dele. Olha-me decepcionado:

"E você dá ouvidos a essas bobagens?"

"Não, só estou lhe contando."

Dá de ombros:

"Águas passadas. Nunca forcei ninguém. Estamos num país livre, não acha?"

"Claro", respondo.

"Há alguns anos tive um problema com uma professora", continua. "Mas teve de fazer as malas e voltar para o interior."

Olha-me com seus olhos lampejantes:

"Uma coitadinha."

Mesma palavra que usou para sua mulher (desprezo pelas pessoas e desprezo pela linguagem).

"Fazer o quê!", continua, abrindo os braços. "Faço navegação de pequena cabotagem. Navegação à vista."

Acrescenta:

"Temos de nos distrair um pouco, não acha? A vida já foi dura conosco. Eu sei algo sobre isso."

Observa-me:

"Mas você também tem lá suas encrencas. Alguma compensação a gente tem de ter. O que acha?"

"Claro", respondo.

Mais que um entendimento, procura uma conivência, e consegue. Somos tão condescendentes no diálogo! Ao menos, tão inflexíveis quanto no monólogo.

"Vai me dizer que é um moralista?", pergunta-me de repente, com suspeitas.

"Não", sorrio. Sinto-me como um potencial delator. "Para mim não há nada pior."

"Para mim também."

Para encontrar um acordo sobre as coisas, fingir que o encontramos nas palavras.

Continua observando-me com certa curiosidade:

"Pergunto-lhe porque tenho a impressão de que eu e você podemos nos entender."

"De fato."

"Você deve ter pelo menos vinte anos a menos do que eu, mas a inteligência não tem idade, não acha?"

"Certíssimo", respondo.

Percebo que uso uma linguagem que não é a minha. Acontece com os que conseguem obter o pior de você. Em geral, é um péssimo sinal, para os dois.

"Verá que aqui não faltará nada a seu filho. Só vai encontrar amigos, garanto."

"Fico-lhe muito grato."

"Imagine", ri zombeteiro. "Se a gente não se ajudar. Eu faço uma coisa por você, você faz uma por mim. Não é assim?"

"Certíssimo", repito.

Estou aguardando. Sei que queria chegar até aqui, mas não sabia nem quando nem onde. Sentia sua conversa toda gravitar rumo a esse ponto.

"Aliás, a propósito", ergue de repente a cabeça, atingido por um pensamento repentino. "Já tenho uma coisinha que gostaria de lhe pedir. Posso?"

Olha-me com um ar dissimulado, como se ele próprio estivesse surpreso.

"Certamente."

"Talvez você saiba que me deleito com poesia. Disse 'me deleito' e você já me entendeu. Nada de grandes ambições, particularmente em minha idade. Talvez, quando jovem."

Penso que somente os diletantes usam o verbo deleitar-se. Talvez seja justo chamá-los assim, já que eles próprios o fazem.

"Nunca tive pretensões à alta literatura, deixo-a para os literatos profissionais."

Reconheço a agressividade depreciativa, disfarçada de indiferença, típica dos diletantes para com os que não o são.

"Mas, alguns reconhecimentos, bem que eu tive. Prêmio Gabbiano D'Oro, Prêmio Radici. Coisas de provinciano, assim como eu, mas dão um certo gosto."

"Entendo", digo com convicção. "São os reconhecimentos mais limpos."

"É isso mesmo!", exclama. Os olhos estão acesos de furor. "Fora das jogadas literárias!"

Concordo, com sóbrios comentários. Com os prêmios literários, frases formais são obrigatórias, como nos casamentos e nos funerais.

"Ali há peritos de verdade, leitores de verdade!", acrescenta. "Não como os das editoras de grife!"

Imagino seu calvário com os leitores editoriais. Mas o deles também.

"De qualquer maneira, ao longo de uma vida, acumulei um pequeno capital de poesia. Nada que tenha dado dinheiro, infelizmente."

Sorri:

"Mas não me arrependo. A poesia é como as mulheres. Tempo ganho, não perdido. Não concorda?"

Esboço um gesto vago, não importa se de concordância ou de discordância (importante é comunicar).

"Com efeito", continua. "Vejo que você também pensa como eu."

Suspira:

"Gostaria de publicar uma pequena coletânea, um florilégio como se diz. Para dá-la aos amigos que me pediram, antes de mais nada. Eles é que insistem."

É um detalhe recorrente nos relatos dos diletantes. Comitês de amigos que insistem para que publiquem. Talvez seja verdade. Os não-diletantes (não usarei o termo arriscado de profissionais) costumam encontrar meditadas resistências.

"E depois gostaria de inscrevê-la em algum prêmio importante. Mas não uma publicação que eu tenha de custear. Que seja custeada por um editor, e se possível de certo peso. Não acha?"

"Parece-me justo", respondo, imperturbável e preocupado.

"Aliás, olhe, está aqui!", diz com certa admiração, abrindo a primeira gaveta da escrivaninha. "Trouxe o manuscrito de casa para dar uma olhadinha de vez em quando, aqui e ali, durante o horário da escola. Você ainda não sabe, mas nunca me dou por satisfeito!"

"Imagino."

"Correções contínuas, nunca estou satisfeito. A palavra certa, como a chamavam os franceses, nunca sei se é a certa. Mas tento!"

Puxa da gaveta um grosso pacote de folhas, unidas por uma espiral e contidas entre duas capas de plástico vermelho.

"Não quer dar uma olhada?", diz, erguendo a coletânea por sobre a mesa.

Entrega-me o caderno com a mesma rapidez com a qual um comerciante passa um pacote ao cliente por cima do balcão.

Tomo-o nas mãos com fingida delicadeza. Chama-se *Corpo a corpo*.

"Não sei se sou a pessoa mais apropriada para julgar", respondo, fitando-o nos olhos. "Nunca me ocupei profissionalmente de poesia contemporânea."

"E o que é que tem? Precisa ser profissional?", responde-me com atrevimento. "Você tem tudo para entender se é poesia ou não. Formou-se em letras como eu, não é?"

"Sim, mas julgar poesia é outra coisa", ganho tempo. "É preciso conhecer os termos de comparação, ter um quadro de referência. Queria apenas preveni-lo."

"Ai, quanta história!", ri, tornando a fechar a gaveta. "Fala de um julgamento como se fosse o juízo final. Não está decidindo para a posteridade!"

Aproxima a perna rígida da mesa e se debruça em minha direção:

"Somente as suas impressões, certo? Só se minhas poesias lhe disserem alguma coisa. Outrora perguntava aos especialistas se eu devia continuar ou parar. Nunca ninguém me respondeu, e eu nunca parei. Agora já seria tarde demais, não acha?"

Tem uma típica cantilena dialetal. Como o invejo por isso. Ajuda-o a transformar a vida em uma piada, a colocar um indivíduo em uma comunidade, a livrar-se do embaraço para despejá-lo sobre mim.

"Não se preocupe demais", acrescenta. "Não estou pedindo uma nomeação, só um pequeno esforço."

"Mas claro!", reajo com uma vivacidade imaginária. "Isso eu faço de bom grado. Não é nenhum esforço."

Ele levanta a mão, como para aparar um golpe.

"Espere um pouco. Não é só isso."

Sabia. É um daqueles homens com quem as contas nunca se encerram.

"Depois que as tiver lido", retoma calmamente, apontando as poesias que eu tenho nas mãos. "E só depois que estiver convencido..." (Parece estar me concedendo uma alternativa e na realidade está é me tirando.) "Só nesse caso poderá dar um pequeno passo por mim."

"De bom grado", respondo, com um descaramento conformado. "Mas que passo?"

"Não adivinha?"

Reflito de súbito. Um prefácio? Mas nunca publiquei nada. Uma seleção de seus textos? Ele já fez. Uma contribuição para as despesas? Mas as tinha excluído.

"Seu sogro", diz sereno, como se rendendo às evidências. "É um advogado especializado em contratos editoriais."

"Como sabe disso?", pergunto-lhe.

Sorri:

"Ah, só você pode ter informações sobre mim? Eu também tenho minhas fontes."

"Sei, mas o que é que meu sogro pode fazer?"

"Muito." Fala com seca firmeza. "Está em contato com as cúpulas das editoras mais importantes. Uma palavra dele pode tudo."

Nenhum poderoso jamais teve tanto poder como aos olhos de quem ignora seus limites.

"Não precisará gastar muito latim", continua. "Basta ele mostrar um interesse, digamos, pontual. Mas", torna a levantar a mão, "é preciso que esse interesse exista. Que ele tenha convicção. Eu não quero recomendações."

É a premissa que as introduz.

"Sabe", procuro refreá-lo, "meu sogro não acompanha a poesia de hoje, parou em D'Annunzio."

"Nada mal como parada", pisca. "E para a continuação, há você."

"Mas além disso há um motivo mais importante", insisto. "Meu sogro não tem o poder que você acha que ele tem. Pode fazer com que você seja lido, mas não publicado."

"Ouça", replica ele com paciência, como se tivesse de recapitular um problema com um aluno. "Já ouviu falar em máfia?"

"Claro."

"E o ambiente literário por acaso não é todo ele uma máfia?"

"Nem todo."

"Boa parte."

"Uma parte. Mas é preciso ser mafioso. Porque sabem que, se você ganha, retribui, e se não ganha, se vinga." Estou descobrindo uma teoria da máfia que nunca me foi tão clara. "Mas meu sogro não é um mafioso. E por isso não têm nenhuma deferência por ele."

"Quer dizer que não o consideram?"

"Não, consideram sim. Mas não o temem. E é isso que faz a diferença."

Ouve-me cabisbaixo, perplexo e decepcionado. Decerto está avaliando outras possibilidades. Conheço a empáfia de quem deplora recomendações só para reivindicá-las sob outro nome.

Torna a erguer a cabeça:

“Não vai querer me dizer que terá problemas com um livrinho de poesias.”

Sei que tenho de me precaver contra suas chantagens, para não sofrer outras e mais pesadas amanhã.

“Pode ser que outro em seu lugar fizesse isso”, respondo. “Mas ele não.”

“É um homem íntegro”, sugere.

“Pois é.”

“Dos que se quebram em mil pedaços assim que se os tocam.”

Rio.

“É um homem à moda antiga”, especifico. “Move-se apenas no campo que conhece. Onde tem autoridade.”

“Que palavrão!”, exclama. “Autoridade! E quem você acha que tem autoridade em poesia?”

“Não sei, um crítico, um especialista.”

Observa-me com ar de desafio.

“Não você, por exemplo”, diz. “Você é apenas um professor. Nunca estudou poesia.”

Chegamos ao ponto que eu temia, à passagem da ironia para o azedume.

“Veja”, tento sorrir, “eu não sou um especialista. Em todo caso, não aos olhos dele.”

“Por quê?”, pergunta. “Por que santo de casa não faz milagres?”

“Também”, respondo, confortado pela citação (sempre consoladora para os casos verdadeiros e para os imaginários).

“Mas, em geral, como ele o considera?”, insiste.

“Como alguém que ganha pouco.”

"É decisivo?"

"É", respondo. "Se você tem interesse pela cultura mas não ganha, você é um pequeno maníaco. No máximo, respeitam-no. Se ao contrário você ganha, sua ocupação se torna importante. É diferente."

"Só o dinheiro conta!", comenta, o rosto aceso, e não é possível saber se de aprovação ou de desdém. "O resto é conversa."

"Pois é."

Fica em silêncio, pensativo. Não deve estar satisfeito com o rumo que a conversa tomou.

"Mas, afinal", exclama com energia truculenta. "Não vai lhe negar um favor, com a desgraça que lhe aconteceu!"

"Também o envolveu", respondo-lhe, como se não tivesse percebido sua brutalidade. Corrigimos mentalmente as frases alheias, para dar continuidade ao diálogo. "Aliás, considera-me co-responsável pela situação."

"E por quê?", pergunta-me incrédulo.

"Você sempre é meio culpado pelo que lhe acontece", respondo. "Especialmente se os outros também pagam o pato."

É verdade, mas estou exagerando. Ele percebeu.

"Tem certeza?", pergunta-me.

Abro os braços:

"Acho que o conheço um pouquinho, sabe?"

"E eu acho que estou começando a conhecer você", anui ele, com um tom que não deixa prever nada de bom. "Ainda não entendi se você é ou finge que é."

"O quê?"

"Prudente. Você se move com passos tão cautelosos!"

Imita com as mãos os passos de um animal lento, circunspecto, talvez um urso, ou um bicho-preguiça.

"É, mas assim não se consegue nem se constrói nada!", continua. "Na vida é preciso agir!"

"Concordo."

"É preciso lançar-se!", encarece a dose. "Se você não arriscar, nem vai conhecer seus limites!"

"Eu acho que conheço."

"Até demais!", exclama. "Você é cheio de escrúpulos, de dúvidas! Se eu fosse como você, com certeza nem estaria aqui."

"Tenho certeza", respondo.

Gosto dessas respostas de corte duplo, que se prestam para ser interpretadas em dois sentidos, positivo e negativo. O positivo talvez pelo interlocutor, o negativo por mim. Ele, no entanto, intui imediatamente o lado negativo.

"É, mas não fique pensando que a coisa diz respeito só a mim", acossa. "Estamos todos no mesmo barco!"

Uma ameaça, mais do que uma constatação.

"E se o timoneiro errar", prossegue com o mesmo tom alterado, "não afunda sozinho. Você também afunda com ele."

"Claro", respondo, embora não compreenda direito onde e por que está me embarcando.

"Entende o que estou dizendo?", pergunta.

"Entendo, mas a que você se refere?"

"A nós, a nós me refiro!", exclama. "Ao seu problema, que também se tornou meu. Porque eu o faço meu!"

"E sou-lhe grato por isso, repito."

"Pois é, grato", murmura, como se o adjetivo não lhe bastasse. "Você sabe como são as coisas na escola. *Eu* é que tenho de contornar", aponta o dedo para o peito, "as leis! *Eu*", torna a fazer o mesmo gesto enfático, "terei de conseguir aquilo a que não tenho direito!"

"A que você se refere?", pergunto.

Sinto um tremor nas veias.

"Ao número limitado de alunos, por exemplo! De outro modo a senhorita Bauer vai se recusar a aceitar na classe um deficiente!"

Acrescenta:

"E não sei se vou conseguir! Não sei!"

"Ah não, desculpe", e entrementes penso *miserável!*, "mas você não pode vir com essa conversa agora!"

"Como não posso?", reage levantando a voz, indignado. "Posso sim!"

"Não, a lei manda você diminuir o número de alunos", respondo com calma, mas a voz está se apagando de angústia. "Existe um regulamento bem preciso, e você sabe disso."

"Sim, a critério do diretor, que avalia caso a caso. Não tenho certeza de que a burocracia vá me conceder a classe reduzida!"

Começa a faltar-me o ar.

"Já aconteceu uma vez. E não consegui!", acrescenta ele, com um triunfo maligno nos olhos.

"Ouça bem", digo, aproximando a cadeira da escrivaninha. Procuro falar devagar, mas estou ofegante. "Estou lhe dizendo que um deficiente tem direito a uma classe com menos alunos! Eu me informei sobre isso!"

"Não o suficiente", insiste ele.

"Mas se você por acaso não conseguir uma classe apropriada para a Bauer", agora sou eu a apontar-lhe o dedo e a recuperar a voz, "nem imagina o que vai encontrar pela frente!"

Olho para ele carregado de ódio.

"O que está querendo dizer?"

"Que sua escola vai aparecer em todos os jornais! Porque não respeita as novas leis. Porque é uma vergonha a burocracia triunfar!"

Digo escola e não ele, para preservar uma distinção irreal e salvar o que ainda se pode. Ele mostra-se consciente disso e quase grato.

"Jornais?", pergunta-me. "Você tem contatos com jornais?"

"Sim, meu sogro! Pelo menino faria isso e muito mais!"

A menção a meu sogro deve ter lhe rasgado a mente como uma luz. Levanta o rosto:

"Não precisa ficar tão alterado", replica conciliador. "Só estava lhe recordando um possível perigo. Estamos aqui para nos ajudar, não é?"

"Claro", respondo.

Não consigo prosseguir.

"Está vendo como seu sogro pode algumas coisas?", continua ele. "Tenho certeza disso."

Acrescenta:

"Tanto neste caso, como no caso editorial. Por isso é que me permiti lhe falar de minhas poesias."

Não tenho forças para lhe responder.

"É decisivo o modo como enfrentamos as coisas. O que nos parecia impossível torna-se simples."

Conclui:

"As minhas poesias também, você vai ver."

Ouço-o esgotado, as pernas bambas pela longa emoção. Não posso arriscar o futuro do menino por causa dessas chantagens. Na Itália nunca temos certeza sobre as chantagens. Sempre há um poder mais alto que pode nos aniquilar.

"Verei o que posso fazer", murmuro, levantando-me. A esta altura a conversa terminou. "Mas não posso lhe prometer nada, não depende de mim."

"Não, acredite", rebate. "Depende de você."

Levantou-se, por sua vez, arremessando a perna de lado, com uma violência alegremente liberada. Dá a volta na escrivaninha apoiando-se na bengala. Quando chega perto de mim, torna a erguer-se no busto e, mantendo levemente erguida a perna inválida, apóia a mão livre sobre meu ombro:

"Na vida, basta a gente se entender. Não é tão difícil."

Coloco na minha pasta a coletânea de suas poesias.

Ele acrescenta:

"Dê-me logo notícias suas."

Depois retoma seu tom arguto, popularesco:

"Uma mão lava a outra, hein? O que você me diz disso?"

Tento sorrir, mas os olhos quase se fecham de cansaço. Gostaria de deitar-me na grama diante da escola.

"Tchau", chegamos à porta. "Farei o possível."

"Eu também", exclama ele.

Seus olhos estão sorrindo:

"E sabe o que acho? Vamos conseguir!"

Aperto sua mão. Já se estabeleceu entre nós uma solidariedade arrasada.

Ele está alegre:

"Quer que eu chame o elevador?"

"Não, vou descer a pé."

"Feliz de você, que não tem problemas!", diz. "Eu sempre tenho de usar o elevador."

"Pois é", aquiesço. "Se tiver de subir, meu filho também vai ter de usar."

"Vamos usá-lo juntos!", grita ele atrás de mim, enquanto eu começo a descer as escadas.

A ilha feliz

Tomamos lugar nas cadeiras de ferro, dispostas em semicírculo ao redor de um tatame, onde ela está acocorada. Veste um abrigo preto que recobre seu corpo longuíssimo, esquelético. Verifica o relógio de pulso fosforescente, e observa com seu sorriso sarcástico a última mãe a chegar, atrasada, a maquiagem vistosa e o ar desenvolto num rastro de perfume.

"Estávamos à sua espera", diz, enquanto a outra, sem mudar o passo, acomoda-se opulenta numa cadeira da segunda fila. O filho dela é um caso leve, distúrbios mínimos de deambulação, destinados provavelmente a desaparecer com a fisioterapia. Em geral olha-nos com uma curiosidade vigilante e distanciada, como uma turista de primeira classe em visita ao convés da terceira. Em qualquer circunstância, faz questão de frisar a gravidade menor da sua situação. Diante dos casos mais dolorosos, arregala os olhos com uma solidariedade teatral. Intui-se que lhe ofereceremos comparações ainda mais tranqüilizadoras. Não é a única entre os pais a agir assim, apenas a mais óbvia e talvez a mais estúpida. Mas nenhum de nós está imune, sempre ficamos contentes, ao confortar quem está pior do que nós, em confortar a nós mesmos. A classificação das deficiências torna-se objeto de uma competição silenciosa. Se competimos assim entre nós, não podemos nos espantar com as reações dos outros.

"Então, estão me ouvindo?", diz a doutora, erguendo-se pela metade no tapete e apoiando-se num braço.

*

É o primeiro encontro com os pais promovido pelo Centro, diz com certa solenidade. "Vocês precisam falar de vocês, sim, de vocês mesmos." Aponta-nos com o indicador, e nos sentimos imediatamente culpados.

Teremos de ir fundo no problema. Falar sobretudo com sinceridade, para usar a palavra infame, como ela a define: a frase é acompanhada por uma risada estridente, das que ela adora para aliviar, acredita, a tensão. Como vivemos a deficiência, como a deficiência nos mudou, como somos agora. As experiências serão confrontadas, entrarão para um dossiê do Centro, talvez evoluam para um livro.

"Estão felizes?", pergunta.

Há um silêncio lúgubre que finalmente nos confraterniza. Cada qual fita um ponto diante de si, evitando os olhos dela, que nos perscruta silenciosa. Regredimos para a escola — que ninguém olhe para o professor antes de ele escolher o alvo da chamada oral.

"Não precisam falar do que acontece no Centro, que é a ilha feliz. Devem falar do que acontece lá fora."

"Chega de falar em ilha feliz!", exclama, rouco, um homem corpulento, o pescoço inchado de um batráquio, os olhos dilatados sobre as faces violetas. "Vamos começar deixando de usar essa expressão!"

"Não gosta dela, senhor Colnaghi?", pergunta, calma, a

doutora. Empertigou-se, o busto esticado com dignidade sob o abrigo. "O que há de errado?"

"As duas palavras, ilha feliz", responde ele. "O que elas têm a ver conosco?"

"Acho que ele tem razão", sou eu que estou falando, por que faço isso? Não sei, sei que tenho de continuar, enquanto o sr. Colnaghi se vira em minha direção com gratidão congestionada. "Não é uma fórmula apropriada."

Ela olha para mim com ironia cúmplice:

"O senhor também, professor Frigerio?"

Acrescenta:

"Pelo amor de deus! Podemos deixar isso de lado. E a senhora, o que acha?"

Dirigiu-se a uma senhora na primeira fila, minúscula, encolhida diagonalmente na cadeira. Está com as mãos cruzadas sobre os joelhos, numa retração progressiva. Já a encontrei outras vezes, é uma daquelas pessoas tímidas que adorariam, se questionadas em público, ir encolhendo até sumir. Sonham dizer coisas memoráveis e receiam dizer coisas ridículas. Responde com voz fraca:

"Eu acho que está bom."

A doutora ergue-se num salto do tapete. Sabemos que tem orgulho dessa sua agilidade, numa existência apaixonadamente dedicada a quem não a tem. É um coquetismo que concede à nossa cumplicidade. Mulher de valor, acabamos admitindo, relutantes.

Ri com alegria, como sabe fazer nos momentos melhores. A ilha feliz não agrada ao sr. Colnaghi e ao professor Frigerio. E aos outros?

Os outros hesitam, balançam nas cadeiras, divididos entre adulação e verdade, entre tradição e ruptura.

"Entendi. Vocês também não gostam. Então vamos aboli-la. De hoje em diante, nada de ilha feliz. Mas com o Centro, pelo menos, estão contentes?"

Estamos! Com o Centro, estamos, sim! É um coro libertador, atrás do qual se aninham sinceridade e mentira, convicção e perplexidade, como na escola. Mesma unanimidade dividida.

"Não poderíamos desejar melhores cuidados", retoma o sr. Colnaghi, tão orgulhoso como receoso pelo inesperado triunfo, secando a testa com o lenço. "Mas ilha feliz era um tanto eufórico!"

"Certo, senhor Colnaghi, concordamos", comenta ela, paciente, baixando a cabeça.

Ele quer acrescentar alguma coisa, como acontece amiúde a quem concluiu:

"Vivemos a coisa de outro modo."

"Pois é", assente ela.

Torna a erguer a cabeça:

"Justamente. Como é que vivem a experiência do Centro?"

Retomou o fio da conversa. Pois é, como vivemos a experiência do Centro?

Estamos ficando sérios novamente, contritos, graves, quase consternados. As férias na ilha feliz terminaram.

Favores

A pessoa que nos nega um favor à noite talvez o tivesse concedido pela manhã, se o humor tivesse sido outro. Ninguém nunca pode nem nunca poderá comprovar. Mas são aquelas certezas hipotéticas às quais devemos as alegrias por nosso senso de tempo ou as angústias por sua falta.

Por isso não posso errar com meu sogro. Qual é o melhor momento para conseguir um favor?

"Que tipo de favor?", pergunta Franca.

"Editorial."

"Nunca", diz.

"Muito bem", respondo, revigorado pelo conforto conjugal.

"Para quem seria?"

"Para o manco."

Percebo, com algum mal-estar, que retorci brutalmente contra ele a desvantagem de que sofre. Não é coisa que costume acontecer a quem está envolvido, direta ou indiretamente, com a deficiência. Se alguém utiliza como epíteto depreciativo "espástico" ou "mongolóide", podemos estar certos de que ninguém em sua família o é. As desgraças, entre tantos efeitos, provocam alguns, imediatos, de caráter lingüístico, tornando-nos sensíveis ao léxico associado ao problema. Poderíamos acrescentar, com uma inferência, que um escritor é aquele que é perenemente sensível às desgraças do léxico, ainda que não esteja envolvido. E que não espera até que o envolvam para refletir sobre as diferenças dos significados. Isso contribui para explicar como a área lexical da deficiência já foi tomada pela neurose. Muitos se perguntam por que cego virou portador de deficiência visual ou surdo portador de deficiência auditiva. Talvez uma explicação plausível seja que cego define irreparavelmente uma pessoa, ao passo que portador de deficiência visual delimita apenas a ausência de uma função.

Uma contraprova poderia ser fornecida pelo diretor manco. A definição mais circunspecta, aquela recorrente no âmbito da deficiência, teria sido que tem problemas de deambulação. Tem problemas de linguagem, diz a mãe de um gago. Uma segunda definição, que veste com ar senhoril o black-tie da cultura, teria sido claudicante. Mas o diretor claudicante trai irremediavelmente um tom irônico.

O diretor manco é duro, áspero, seco, hostil. E evoca não somente uma autoridade enfraquecida por um defeito físico, mas um diabo que olha, através do romance de Lesage, os tetos destelhados de Madri: justamente a imagem que eu queria sugerir dele. Com isso confirmam-se ao menos duas coisas: que a desvantagem sempre é uma carta injuriosa a ser jogada no momento oportuno; e que entre os que são atingidos pela deficiência, a solidariedade nem sempre é o dom mais recorrente.

*

Talvez o melhor momento seja na volta do passeio de carro com Paolo. Antes de sair está inquieto, espia a rua como se preparando para uma investida contra o território do inimigo. Amarra Paolo no assento puxando os cintos, de modo que pareça até empertigado e a cabeça não fique balançando. Não se conformou ainda com suas anomalias, e o rosto dele se ilumina se alguém não percebe de imediato os "problemas", sinal para ele tranqüilizador da normalização futura. "Nunca será normal", disse-lhe uma vez. Estava exasperado. Podemos suportar nossos erros, mas não se os virmos replicados nos outros. "Isso é o que você diz!", respondera. Tinha acrescentado: "A natureza é milagrosa!".

De sua parte nunca colaborara para a ginástica de Paolo. Franca cooptava quase todas as pessoas de passagem (estudantes, professores, parentes, amigos, vizinhos de casa) para rodar a cabeça do menino e movimentar alternadamente suas pernas e braços, deitado de bruços na mesa. Mas com o pai dela não ousava. Ou melhor, limitara-se a pedir uma única vez, lembrando um provérbio siciliano que mencionara para mim: quando um amigo não ouve a primeira vez, quer dizer que não vai gostar da segunda.

Talvez lhe parecesse inatural que uma criança compartilhasse com as pessoas mais velhas tantas irregularidades de equilíbrio e de movimento. Havia de lhe parecer uma subversão da fisiologia, embora lhe tivesse explicado que a fisiologia prevê a subversão. De outro modo Paolo não teria posto em funcionamento circuitos alternativos, como os neurologistas previam.

"Por que Paolo sobreviveu?", perguntava-lhe.

"Porque é forte!", respondia, com um sobressalto de orgulho ferido.

"Não, porque é fraco", dizia, "e encontra sua força na flexibilidade."

"Chega dessas conversas!", reagia. "Não consigo acompanhá-lo!"

Paolo oferecia-lhe uma oportunidade extrema para se rever, mas era a última coisa que ele gostaria de fazer. Dominado por uma idéia hierárquica da natureza e da sociedade, tinha de opor-se à condição do neto, que propunha problemas insolúveis ao seu sentido da vida. O diferente nos faz sentir diferentes — contrariamente ao que se pensa — e é isso que não estamos dispostos a perdoar. Meu sogro morreu convencido de que seu neto só fosse diferente nas aparências. Era sua esperança mais obstinada, e o medo de ser desmentido tornava-o fanático. Escreveu Jung que o fanatismo é uma dúvida hipercompensada, mas, sua dúvida, ele nunca conseguia compensá-la.

Quando moço, contara-me, esperava nos cinemas que algum homossexual se traísse, para com seus colegas armar uma cilada na escuridão e dar-lhe uma breve lição. Eu ficara impressionado também com aquela palavra, lição, que tinha ensinado muitas coisas ao agredido, mas as tinha ocultado a quem a dava. E continuava a escondê-las cinqüenta anos mais tarde.

*

Espero que ele retorne do passeio de carro com Paolo.

O carro verde avança no pátio com os faróis ligados. É fim de tarde, mas ele liga os faróis junto com a iluminação da prefeitura. É um dos inúmeros ritos que celebra com observância maníaca, mostrando até altivez, como se fosse um mérito. Outro título de mérito era sua indefectível freqüência num clube de que era sócio. "Nunca tive uma única falta", dissera-me certa vez com orgulho. "Nunca!" Lembrava a impavidez de um almirante que tivesse afundado com seu navio, depois de ter posto a salvo todos os passageiros e os homens da tripulação: só que ele podia contá-lo.

Abre a porta com agilidade, dando a volta ao redor do capô para abrir a de Paolo. Enquanto isso eu tirei o kart da garagem e o conduzo até o carro. Ele livra Paolo dos cintos e, com um volteio elástico, baixa-o para o pequeno assento. Sei que essas operações, executadas com uma divisão rítmica precisa, enchem-no de uma alegria silenciosa, a do artesão diante do trabalho bem-feito.

"Queria lhe pedir um favor", começo, enquanto Paolo se afasta num ziguezague pelo meio do quintal.

"Diga, meu caro", responde.

"Sei que é contra seu caráter e seu código moral."

"Chegue ao ponto", diz.

"O diretor da escola que Paolo vai freqüentar é um portador de deficiência."

"Ele também!", abre os braços.

"Sim, e gostaria de publicar um livro de poesias com um editor de sua escuderia."

É sensível a essa palavra errada, que porém o deixa de bom humor, aludindo a um poder que ele não tem.

"E o que eu tenho a ver com isso?", pergunta.

Sei que quer ouvir com clareza o favor que se lhe pede. É um hábito que sempre associei aos homens de certa idade, até que compreendi que os homens de certa idade não estão errados, porque ao longo dos anos adquiriram certa experiência. E cansaram-se de fazer favores que os outros fingem estar fazendo para eles.

"Ele quer que você o recomende ao editor mais importante. Diz que você pode tudo."

"Não é verdade, mas isso eu posso conseguir", responde. "Também lhe fiz um favor bastante especial. Consiga-me o texto."

Pisca com ar esperto, sem acrescentar mais nada.

Estou boquiaberto.

Acrescento, já preparado para o nunca visto:

"Imagino que vai querer lê-lo, antes de entregá-lo."

"Imagine só! Consiga-me o texto logo, e durante a semana já trato disso. Você gostou?"

"Gostei", fui pego de surpresa. "Não é mau."

"Ah, não é mau", comenta ele sorrindo. "Esperava um pouco mais."

"Olha, não ser mau já é muito!"

"E muito, o que será?", rebate ele. "Consiga-me o texto e não diga nem uma palavra a mais!"

Aponta o automóvel:

"Você poderia levá-lo lá para fora, enquanto me despeço de Paolo?"

"Claro", respondo, abrindo a porta e entrando no carro.

Tenho uma sensação de facilidade, de leveza, de simplicidade. Olho para o alto e vislumbro, no retângulo aéreo entre as casas, as primeiras estrelas.

Engato a ré com velocidade e vejo meu sogro encolhendo no fundo do quintal. Sabe-se lá por que sempre o imaginei de polainas. Nunca as usou.

A senhorita Bauer

Chama-se Elisa Bauer. É de Bolzano. Tem trinta e dois anos. Nunca teve um portador de deficiência na classe e, quando a encontramos pela primeira vez, está visivelmente agitada. Preferiu vir ela mesma nos visitar, moramos a trezentos metros da escola.

Cabelos loiros presos na nuca, move-se com uma agilidade elástica e elegante, tão atraente como fechada em si própria. Alguma coisa mais próxima da ginástica do que da sensualidade. É bonita e sua concentração é absorta, uma frieza distanciadora, típica das mulheres que receiam a emotividade.

Mantém os olhos baixos, enquanto falamos com ela, revezando-nos, do menino. Já somos peritos em descrevê-lo de maneiras cativantes. Sorrimos com desembaraçada desenvoltura. Estratégia errada. Ela está se convencendo, temo, de que o menino é um monstro. Perguntou-nos qual é seu distúrbio, e a definição, tetraparesia espástica distônica, deve tê-la aterrorizada.

Fecho os olhos um instante, enquanto Franca esclarece algumas deficiências de Paolo. Sempre cometemos o erro de atenuá-las. Até com os médicos; aliás, sobretudo com eles. Tentamos fazer com que Paolo não se canse antes da consulta, recomendamos a ele o que falta a nós: calma. Ficamos angustiados toda vez que erra, e ele erra mais do que de costume, quase para dar uma justificação objetiva a nosso pânico. Receio que nós é que sejamos um casal de monstros, atormentados pelo medo, concordes apenas na absurda esperança de superá-lo. Deveríamos, antes, apresentá-lo nas piores condições, para evitar um diagnóstico conciliador e conseguir um mais crível.

Os médicos, quando percebem nossos embustes, reagem com mal disfarçada impaciência. Quantos esforços inúteis para influenciá-los, mostrando que a criança é mais normal do que acreditam. Nunca a verdade foi para nós tão fugidia e angustiante.

A resistência muda da senhorita Bauer está me sufocando. Então eu digo, sem olhar para Franca à minha direita, mas imaginando sua reação:

"Sua tarefa será duríssima. Sabemos algo sobre isso. Terá de se empenhar a fundo. E talvez chegue a arrepender-se de tê-lo aceitado na classe."

Não é verdade, não penso isso, mas ela ergue finalmente os olhos, dedicando-me um olhar pacificado.

"Agora não exagere!", intervém Franca a meu lado. Eu aperto seu braço até machucá-la, cravamos olhos nos olhos com furor recíproco, enquanto a senhorita Bauer, que nada percebeu e tornou a baixar os olhos, diz:

"Parece-me um discurso construtivo. Era isso que eu queria ouvir do senhor."

Franca toca seu braço. Sei o que me espera depois. Ela também sabe. Sabemos ambos (talvez casamento seja isso). A senhorita Bauer acrescenta:

"Eu prefiro estar preparada para o pior, não para o melhor!"

"E está certa!", exclamo, como se o descobrisse naquele instante.

A senhorita Bauer ergue os olhos luminosos, velados pela comoção:

"Eu sou assim. E isso sempre me ajudou no trabalho. Não acha uma coisa positiva?"

"Claro que sim!", concedo-lhe com aquele entusiasmo de que somos pródigos quando não nos custa nada. É o que diferencia, no ateliê de um artista, os visitantes dos compradores.

Está perdendo, à medida que fala, seu fascínio. É razoável, concentrada, cheia de boa vontade. Estou aliviado por Paolo, um tanto desconcertado por ela. É como se, numa partida de xadrez, um adversário em vantagem oferecesse inesperadamente a rendição. Pergunto-me se ela ficaria desapontada com essa comparação. Mais provável que o ficasse comigo.

"Veja as fotos de Paolo", diz Franca.

Levanta-se do sofá e vai para o corredor, e tira da parede dali uma coleção emoldurada das melhores fotos. Ela é incorrigível, e no entanto alcança seus objetivos, embora com meios diferentes dos que eu usaria. Seja como for, notei que a legitimidade da meta, com suas dificuldades, nos torna eticamente cínicos.

A senhorita Bauer está olhando para mim, com um sorriso de aliança, quase como se contasse com minha ajuda para não ceder à simpatia. Franca está lhe falando de Paolo, apresentando-o como um temperamento comunicativo e sereno. E no final até a senhorita Bauer ri da tirada de Paolo que, ao interfone, à pergunta: "É você?" respondia: "Não!".

"Explora os meios lingüísticos que tem", comento. "Como os artistas pobres."

Ela aprecia a alusão lingüística com uma piscada profissional. Franca vê-se momentaneamente excluída, mas se refaz:

"Ele está atento apenas à linguagem, não lhe dê muita atenção", intervém com alegria. "Há tantas coisas que não passam pela linguagem!"

A senhorita Bauer sorri. Eu também sorrio. Serão necessários pelo menos vinte anos para eu compreender que Franca tem razão.

*

A conversa foi interrompida. Franca foi ao quarto de Paolo, para verificar se tudo está em ordem antes de mostrá-lo.

A senhorita Bauer toma a laranjada em seu copo amarelo. O apartamento todo é colorido. A médica aconselhou-nos cores fortes para o quarto de Paolo, mas Franca aos poucos as foi estendendo aos outros cômodos. Sofás, poltronas, cadeiras, armários, cavalos de pau, balões enormes, cubos, balizas formam o pano de fundo infantil de um desenho animado. Também em outras famílias que têm problemas parecidos com o nosso (nenhum caso é igual, dentro e fora da norma) encontrei esse ar alegre e irreal, esse espaço concedido à infância com uma liberalidade que a infância desconhece, acostumada que está a arrancá-la em pequenos nacos da seriedade dos adultos. É uma viagem de volta melancólica: a ordem reaparece na desordem artificial, a felicidade do jogo dissolve-se na consciência de sua função.

*

"Quer vir dar uma olhada no quarto de Paolo?", pergunta Franca, aparecendo à porta.

A senhorita Bauer apóia o copo no vidro. "Que valente sua mulher!", diz-me, levantando-se num sorriso.

"É", concordo.

Acrescento:

"Não devia ter acontecido logo com ela."

"Por que com ela especificamente?", pergunta. "Não deveria acontecer nunca."

"Foi ferida justamente onde é mais fraca."

"Ou mais forte", comenta.

*

Ouço as duas falando no quarto. Pena, logo hoje que Paolo não está: ela telefonou inesperadamente, e ele já tinha saído de carro com meu sogro. Que o mantém ao seu lado, no assento, amarrado com os cintos, como um boneco atônito. Mas talvez seja melhor assim, a senhorita Bauer persegue uma programação cautelosa das dificuldades. Está convencida de que somente ao distribuí-las ao longo do tempo conseguirá superá-las.

Estou cada vez mais animado, achando que é a professora certa: resistente a entusiasmos, que decerto já lhe custaram muito; mas alheia ao desânimo, adversário não menos temível.

Outrora, nunca teria usado um adjetivo como "certa", tão sedativo na satisfação das aspirações comuns à perfeição. Agora, ao contrário, utilizo a linguagem protetora da maioria, como acontece nos hospitais, onde a anuência ao jargão dos médicos favorece a adesão ao anonimato dos pacientes e reforça a dependência de uma autoridade que nos assiste. A deficiência também é definida por um léxico que aplaca a ânsia imediata, a de saber do que se trata. A etapa seguinte será descobrir que não a define, mas enquanto isso um passo já foi dado.

Está escurecendo, vejo através dos vidros da sala a extensão dos telhados, os arranha-céus, as ruas se iluminando. A mesma paisagem que em outros momentos perturba agora me dá uma sensação de intimidade. Mais um obstáculo foi vencido, a senhorita Bauer sai do quarto de Paolo, seu rosto está ligeiramente excitado, as faces rosadas pela conversa.

"Tenho de escapar", diz.

Sou talvez demasiado atento às palavras, como diz Franca, mas "escapar" é um verbo que nesta hora me desagrada, embora talvez tenha razão, escapar de um quarto de brinquedos malogrados, de desespero positivo, de esperança aflita.

"Sou-lhe muito grato por ter vindo nos visitar."

"Era meu dever", diz ficando séria.

Está preocupada que o tomemos por um favor. Penso a quantas pessoas fazem passar deveres por favores, a verdadeira escola é feita de exceções, raras como os professores dos quais sentimos saudades.

"Vou acompanhá-la", digo.

Descemos no elevador iluminado, ela retrai-se num canto.

"Faz tempo que ensina nessa escola?", pergunto.

"Seis anos."

"E gosta?"

"Gosto, à parte o diretor, no início."

Pára, já falou demais.

"Ou seja?"

"Era um tanto insistente."

Não acrescenta mais nada.

"E antes disso, onde ensinava?"

"Em Bolzano, três anos."

"E por que deixou Bolzano?"

Hesita:

"Por causa de uma pessoa. Um erro de avaliação."

Aquiesço como se soubesse quem é.

"Uma pessoa errada", acrescenta ela.

Talvez eu também seja uma pessoa errada, sabe-se lá para quantos. Não fazemos outra coisa senão achar os outros errados, pensando que estamos fora dessa sorte comum. Mas com os parentes mais próximos, é melhor não aprofundar, sempre temos surpresas ruins.

"E saiu dessa, agora?", pergunto.

"Saí. Há pouco", responde.

Ainda não saiu.

"Foi uma coisa importante?"

Importante é um adjetivo de que gosto, porque dá a entender que a coisa é importante em si, quando, na verdade, só é importante para nós.

"Foi", responde rápida. "A escola me salvou."

Eis por que caminhos passa a salvação, penso. Também para Paolo, no fim das contas, será importante a desventura que ela viveu.

"Nem imagina que desilusão", acrescenta.

"Acredito", respondo.

Vagas imagens de histórias extremamente atuais há cem anos, e que ainda hoje o são.

A senhorita Bauer passa a mão nos cabelos, como querendo afastar um pensamento. Depois pergunta:

"O senhor ajuda sua mulher?"

"Médio", respondo, baixando a cabeça.

"O que significa médio?"

Chegamos ao térreo. Abro a porta do elevador, ela desce no hall semi-escuro. Acrescento:

"Algumas vezes sou ausente."

"Fisicamente, quer dizer?"

"Física e espiritualmente."

Vira-se:

"E diz isso sem remorso?"

"Não, digo com remorso."

"E por que não faz mais?"

Descemos os três degraus da entrada.

"Porque sou egoísta, imagino", respondo, abrindo a porta de vidro. Mas percebo que é uma resposta demasiado fácil. Admitir os próprios erros também é o primeiro álibi para repeti-los.

A senhorita Bauer, de fato, não se deixa distrair:

"Ao menos haverá alguma outra razão?"

Tenho a nítida sensação de que estou sendo julgado. Quem lhe dá esse direito? Eu, provavelmente. Nada como sentir-se culpado para que alguém nos atribua uma culpa.

"Também é um problema de administração das forças", respondo. "Eu, por exemplo, seria um péssimo professor para Paolo."

"Mesmo?", pergunta ela, incrédula.

A senhorita Bauer me acossa cada vez mais. Está se vingando em mim das injustiças que sofreu.

"É, até tentei. Fico agressivo, ansioso, impaciente."

"E esforçar-se para mudar?"

"Não dá. Ou melhor, dá, mas afinal fazemos o outro pagar o pato. O resultado é negativo para os dois."

Estamos andando na calçada, na noite morna.

"Para onde está indo, senhorita Bauer?"

"Para a estação do metrô."

Uns passos depois ela se vira:

"E em que outros campos distribui suas forças?"

Sorrio:

"Olhe que eu não usei essa expressão."

É curioso que ao pôr-do-sol, na alameda Buenos Aires, numa calçada cheia de transeuntes, eu tenha de me defender da professora do meu filho.

"E o que queria dizer?", pergunta-me ela, sem soltar a presa.

"Que faço somente uma parte do que poderia. Mas sei que a alternativa seria um fracasso."

"E sua mulher?"

"Não, ela faz quase tudo."

Evito olhá-la para não ver seu sorriso de triunfo. Conheço essa solidariedade feminina que tem a seu favor uma vantagem nada desprezível, isto é, boa parte da razão. Por isso geralmente me agarro à pouca que me resta.

"E não lhe pede para fazer mais?"

"Não, seria pior."

A senhorita Bauer, na calçada apinhada, provoca olhares indiscretos, rostos que se voltam. Defende-se deles com uma ostensiva indiferença, típica de quem os superestima.

"Sua mulher é feliz."

Não dá para entender se é uma pergunta ou uma relutante afirmação.

"Não. Mas, sabe, o ponto não é esse." Falo com certa dificuldade, estou descobrindo o que penso. "O ponto é que estamos no limite das forças. Se eu guardar para mim espaços de liberdade, digamos até de privilégio, agüento."

"De outro modo fugiria", intervém ela. "É isso que quer dizer?"

Não me dá tempo de responder.

Continua:

"Muitos homens o fazem em situações parecidas."

"Por que pensa tão mal de mim?", pergunto.

"Eu não penso tão mal do senhor."

"E por fim não se esqueça da instituição que redobra as neuroses."

"E qual seria?"

"O casamento, senhorita Bauer, não sorria."

Logrei obtê-lo. Sinto-me melhor.

Diz:

"Não imaginei que tivesse essa idéia do casamento."

"Claro que imaginava!", exclamo. "De outro modo não teria me reservado tantas acusações."

"Não são acusações", reage, como sabe que deve reagir, a senhorita Bauer. "São perguntas para entender como o trabalho com a criança é repartido."

"De modo desequilibrado", respondo. "Essa é a verdade. Não fico feliz em dizê-lo, mas é assim."

Consegui readquirir um resignado orgulho por minha injustiça. E seu tom tornou-se mais calmo. Enquanto estava julgando, sentia-se invulnerável. Mas ser julgada uma acusadora tornou-a mais cautelosa.

"É uma situação muito complicada", prossigo. "Muito dura. Mas por sorte não me parece que o menino tenha se ressentido muito disso. A senhora, de todo modo, pode falar comigo a qualquer hora."

"Combinado", diz, parando diante das escadas do metrô. Suas faces estão rubras e tem uma expressão mais doce nos olhos.

Pego sua mão nas minhas, aperto-a por um instante.

"Podemos nos tratar por você", digo. E, com uma percepção vertiginosa, mas tardia, de cômico, acrescento: "Entre professores".

"Mais para a frente", responde ela.

Tornou a ser a senhorita Bauer.

Enquanto desce as escadas, pára num degrau e se vira para acenar com a mão. Fico na calçada olhando até ela desaparecer na escuridão do subterrâneo.

*

Uma luz rosada irradia-se acima da alameda Buenos Aires e clareia os rostos dos passantes quando emergem da sombra.

Volto para casa com a cabeça confusa. Estou cansado e atordoado como se tivesse lutado: primeiro para defender a causa de Paolo, e depois a minha.

A causa de Paolo está ganha, ao menos desta vez. E a minha? Procurei convencer a senhorita Bauer, mas quem queria convencer? Neste fim de tarde reluzente, entre as lágrimas, tenho a certeza de que nunca conseguirei.

O kart

Vai à escola de kart. O kart foi uma idéia de Franca.

Quando o levava ao parque, em seu carrinho azul, e sentava no banco em frente ao chafariz — entre sorveteiros e vendedores de balões coloridos, crianças rolando na grama, chamados de mães, atletas correndo no rangido do pedregulho — sempre via o mesmo quadro, com uma angústia, que só agora imagino. Naquela época não pensava nisso, preocupado com a sobrevivência pessoal, mas também — não vamos ceder à complacência moralista de nos aniquilar — com a familiar, que impunha uma seleção cruel das energias (ao menos esse era meu álibi para aquele período). Mas, naquela moldura alegre e rutilante, havia alguma coisa que prendera sua atenção: os karts a pedal, que deslizavam por entre as pernas das pessoas e atravessavam as alamedas com guinadas vertiginosas, conduzidos por crianças exaltadas com essas miniaturas de motorizados. Alugava-os um flanelinha, debaixo dos plátanos, diante da cúpula cinzenta do Observatório Astronômico. Taciturno e de poucos amigos, não quisera revelar onde os comprava, temendo sabe-se lá que concorrência. Os medrosos vêem perigos por toda parte, e até os inventam para multiplicar o prazer de evitá-los: trabalho vão, porque o medo nasce de dentro, como a sede inextinguível dos hidrópicos.

Aquele homem rude e detestável, interrogado por meu sogro, revelara, no entanto (a um homem, não a uma mulher!), qual a oficina que fazia o conserto dos karts. E dali fora fácil chegar à fábrica que os produzia.

*

Quando Alfredo vira o kart no pátio, cintilante, vermelho, os pequenos pneus esculpidos como nos carros de corrida, não escondera uma careta de impaciência. Havia pedido um kart de presente por dois natais seguidos, quando tinha seis e sete anos, mas nunca lhe déramos ouvidos. Agora não conseguia entrar nele e sua mãe o repreendia da sacada, lançando-lhe no rosto sua idade. Provavelmente ele sofria com aquilo, como se lhe estivéssemos subtraindo uma infância de que não conseguira desfrutar. Certa vez deu um chute num pneu e eu imediatamente dei-lhe um tapa no pescoço, no mesmo ponto, percebera, em que meu pai me dera quando eu tinha virado o vaso dos peixes. Constatava, enquanto ele chorava desesperado, que nós, sempre sem querer (como nos socorre o inconsciente!), replicamos nos filhos as violências que sofremos dos pais. Os tratados de criminologia falam disso, mas os tratados renascentistas sobre a família se calam.

*

Paolo podia ser baixado com facilidade para dentro do kart, mas no princípio mal conseguia se mover. Empurrar alternadamente os dois pés para ele não era um instinto, e sim uma conquista. Da janela que dava para o pátio, observava-o avançar aos saltos repentinos, aos quais se seguiam pausas desanimadas. Em certos momentos eu praguejava contra a vida em voz baixa, para que não me ouvissem. Mas quem?

Paolo apoiava a cabeça na direção, eu não entendia se vencido por um sentimento de impotência ou arrasado por um esforço excessivo. Lembro-me de uma jovem fisioterapeuta que comparara o esforço das crianças portadoras de deficiência ao enfrentar uma escada ao dos velhos. "Entendem agora?", dizia-nos. Fazíamos sinal que sim, mas na realidade os velhos pelas escadas nos eram tão estranhos quanto as crianças portadoras de deficiência. Só verificando em nosso corpo o trabalho do tempo é que a pena se torna compreensível e a estranheza, familiar. Todos sabemos que envelhecemos, mas a velhice, disse uma vez Trotski, foi o evento mais imprevisível que me ocorreu após os quarenta e cinco anos. O que, de um teórico da revolução permanente, não é uma confissão a ser subestimada.

A fisioterapeuta dava mais exemplos, a propósito dos músculos e da fadiga. Tinha uma faculdade associativa muito móvel, por vezes desconcertante, que nos desnorteava. Pensávamos na comparação errada e compreendíamos menos ainda aquilo que nos sugeria, distraídos por imagens que não combinavam entre si. Mas em outros casos — gesticulando com uma mímica eficaz e falando com um inesperado entusiasmo — facilitava nossa aproximação não somente dos problemas da deficiência, mas dos de outras situações que tinham uma relação indireta com a deficiência. Até que intuímos que tudo tem uma relação indireta com a deficiência. E, quando dizemos que a experiência nos ajuda a entender a deficiência, omitimos a parte mais importante, ou seja, que a deficiência nos ajuda a entender a nós mesmos.

Dizia-nos, por exemplo, que os exercícios musculares se parecem com as etapas do Tour de France. Os competidores correm um dia após o outro e não "vêem" as montanhas que os esperam. Se "vissem" que, somadas, ultrapassam o topo do Everest, desistiriam de conquistar o teto do mundo, olhando o tempo todo atrás de si. A atenção para a meta parcial induz a não se fixar na final e assim, ao menos em muitos casos, ajuda a alcançá-la.

*

Paolo transformara o kart num carro anômalo, numa projeção mecânica de si próprio. Franca constatava que progredia cada vez mais, eu é que progredia muito pouco. Mas a minha, mais do que uma constatação, era medo (quantas vezes tomamos o medo por constatação!). Após três meses Paolo se esquivava em ousadas guinadas das pilastras que sustentavam o pequeno pórtico do quintal. Devia gostar da manobra, porque a repetia, com viradas cada vez mais próximas do obstáculo. Em seguida aprendera a dar a ré e experimentado choques que quase o arremessavam para fora do assento. Após quatro meses estava pronto para sair do portão de casa.

Procedia em ziguezague pela calçada, entre passantes que se afastavam rindo, solidários, e outros que se voltavam com acabrunhada desconfiança, para ver se a impressão que tinham tido era fundamentada.

*

Entrava no jardim-da-infância por um portão lateral. Tinha de subir por uma ladeira e conseguia fazê-lo pisando com mais energia nos pedais. Depois enfrentava triunfal a descida, deixando-os girar em turbilhão, até que metia novamente os pés ali, e o carro derrapava ou travava de chofre. Franca, que corria atrás dele, repreendia-o toda vez com uma violência cúmplice e repetitiva. Há um quê de ritual e hipnótico nas repreensões familiares, incluindo-se as conjugais, a certeza, através da intolerância, da continuidade.

*

O kart foi uma luz na infância de Paolo. A bedel guardava-o debaixo de uma escada com um cadeado. Observado com olhos gulosos por crianças do jardim, transformava uma inferioridade em superioridade. Era uma sensação efêmera, mas, repensando isso, não mais ilusória do que outras que acreditamos duráveis.

No entanto hoje, quando tornei a vê-lo no porão, deu-me uma sensação diferente. Avançava às cegas sobre o chão desconjuntado, na escuridão poeirenta, cortada por uma diagonal de luz descendo por uma fresta: e descobri-o num canto, coberto por um véu de teias de aranha, enferrujado, sujo, inútil. Parecia-me um esqueleto-fóssil e tive medo de tocá-lo, como fosse a ruína de um sonho.

Uma criança é mais importante do que um jato?

"O senhor nunca erra ao escrever?", pergunta-me o médico, num meio-tom entre cumplicidade e gozação.

"Erro", respondo. "Mas não é a mesma coisa."

"Pois é", olha sarcástico os presentes, que o assediam, no centro da pequena assembléia. "Nunca é a mesma coisa. Os erros sempre são os dos outros."

Está numa situação desagradável e se esforça ativamente para torná-la pior. Homens assim não me desagradam de todo. A hostilidade que provocam, sua antipatia natural os excita e estimula. Tendem a oferecer de si a imagem mais repulsiva e infelizmente conseguem. Mas não estão entre os piores.

Esse pediatra aceitou ouvir os pais do Centro, que denunciam as deficiências da assistência médica antes, durante e após o parto. É preciso ter coragem.

São relatos duros, exacerbados, recriminações remoídas nos longos períodos que a angústia reserva à reflexão. A felicidade é volátil e tem uma única preocupação, a de não se esvanecer. Mas a dor que não pode atribuir sua causa à fatalidade e precisa culpar a negligência e o cinismo dos homens, essa não tem resignação.

"Não nos reunimos esta noite para mover processos", foi a premissa da doutora. "Apenas testemunhos sobre eventuais responsabilidades médicas na deficiência. Embora haja aqui um vício estatístico: o público é composto apenas por aqueles que não foram favorecidos pelo destino."

Dá seu riso breve, quase um soluço, que cai no silêncio geral. É uma reação típica, quer expressar solidariedade aos pais e defender uma classe médica que não poupa de sarcasmos.

"Estou pronto para o linchamento", comentou o convidado, com um sorriso que ninguém compartilhou.

Afloram nos relatos diagnósticos intempestivos e brutais, pronunciados com aquela intrepidez que se compraz em encontrar um álibi na ética e, ao contrário, nasce de seu sufocamento ("Para seu filho, melhor pensar numa instituição"). Mas não faltam os diagnósticos de um irresponsável otimismo, que se subtrai ao tormento de enfrentar o presente ("Não se preocupe, o tempo curará tudo"). Pediatras inexperientes em neurologia infantil e clínicos completamente no escuro com relação às terapias de reabilitação?

"O problema, de qualquer maneira, não é só o despreparo dos médicos", intervém, com sua voz sempre rouca, o sr. Colnaghi, "mas sua incompetência."

"E qual é a diferença?", pergunta com ostensivo espanto o pediatra.

"A diferença é que se alguém conhece os próprios limites, recorre a um especialista", responde o sr. Colnaghi, procurando com os olhos o consenso da doutora. "Mas se não os conhece, ele próprio faz o diagnóstico. Compreende as conseqüências disso?"

A doutora instiga:

"Aqui chegam crianças de quatro, cinco anos, alguns com mais do que isso. Foi perdido um tempo precioso, bastava um especialista."

O médico ouve-a sem responder, com uma inexpressividade profissional.

"O que me diz disso, professor Frigerio?", a doutora se volta em minha direção. "É um problema de cultura?"

"Acho que sim", respondo. Sinto-me um aluno chamado a convalidar o que o professor diz. É um roteiro que me constrange, especialmente com o convidado. Sempre somos chamados a representar um papel que não é o nosso. "Eu acho que a cultura é o pressentimento do que não se sabe."

Tornei-me, sem querer, um pequeno Sócrates (acontece quando falamos em público). Tento desesperadamente uma guinada:

"Um médico tem de ser prudente porque não pode errar. Que peça a ajuda dos outros, que faça papel de ignorante. Não pode comprometer uma pessoa por toda a vida!"

"Estamos de volta ao ponto inicial", o médico cruza os braços. "O senhor nunca erra?"

"Mas meu trabalho é outro!", reajo agitado. "Se eu errar uma vírgula, uma pessoa em dez vai perceber. E não acontece nada. Mas se você errar com uma criança, ela se torna um lesado cerebral. Eu não sou médico. E tampouco sou piloto de jato."

"E o que um jato tem a ver?", pergunta-me mordaz.

"O piloto de um jato não se distrai, ao menos na hora da aterrissagem, de outro modo não sobreviveriam nem ele nem os passageiros."

"E o senhor quer comparar uma criança com um jato?"

"Não, eu comparo os dois pilotos", respondo. As batidas do coração estão se acelerando, as veias latejam. É evidente que para ele uma criança é menos importante do que um jato. "Por que escolheu ser médico? Quem ajuda uma criança a nascer está guiando um jato."

O médico abaixou a cabeça, percebeu minha emoção. Compreende que não é hora para me contradizer. É assim que muitos resolvem os problemas.

Procuro controlar-me:

"Uma criança é mais importante do que um jato."

"Concordo", ele admite, com paciência, olhando-me com sincero espanto.

Aula de equilíbrio

Solto repentinamente a pega, no meio do corredor, e ele fica de pé, oscilando, os sapatos de borracha parecem grudá-lo no tapete, até que a mão se apóia na parede para evitar a queda. Cai igualmente para a frente de joelhos, e me olha enquanto levanto a sua cabeça do relógio de pulso.

"Doze segundos!", digo. "Coragem, Paolo, vamos tentar de novo."

Ajudo-o a levantar-se, ele se solta como que esvaziado de forças, a impressão é terrível, na realidade faz isso para se poupar, isso eu cheguei a compreender mais tarde. Quantas coisas compreendemos mais tarde, ao passo que o fraco as entende antes, na economia lúcida e precavida de seus recursos.

Está em pé, tento largá-lo por um instante, mas ele cai para trás, de olhos arregalados, como se aturdido por uma pancada. Consigo agarrá-lo pelo braço, o peso inerte faz com que ele dê uma meia pirueta antes de arremessá-lo contra a parede e fazê-lo escorregar no chão, feito marionete frouxa. É lento ao usar os braços para amortizar a queda, e em adquirir com o raciocínio aqueles movimentos que os chamados reflexos fazem sem pensar. Perdeu o conhecimento do corpo e tem de reconstituí-lo com a mente. Um trabalho de milhões de anos numa década: simulando o natural, imitando o apropriado, fingindo o imediato. O segundo nascimento num mundo para o qual nós também estamos nos tornando portadores de deficiências.

"Quer parar de fazer o menino cair?", irrompe Franca no corredor.

Reunião de pais

Certa mãe, professora de matemática, tranqüila e gorducha, coloca à pequena assembléia um problema profissional, gesticulando com as mãos delicadas, que move agilmente no ar. Compreende-se que adora sobretudo ouvir a si própria, e por isso declara que quer nos ouvir. Sempre funciona.

Simplificarei sua linguagem rebuscada, cheia de afetações sintáticas e incisos refinados, e iluminada por um substantivo jogado com descaso sonoro, "idioleto". *Simplificar* (e declarando!) era um dos privilégios tão despóticos quanto reconfortantes do narrador onisciente, tão vituperado no passado até por mim (na realidade, sabe muito pouco).

O problema é o seguinte. Seu filho de treze anos, com distúrbios de comportamento e de atenção (assim sintetiza ao meu ouvido, brutal mas com eficiência, a minha vizinha de cadeira), não consegue acompanhar a mãe, quando ela, ao lhe dar aulas de matemática, fica impaciente.

"O que você faz?", pergunta a doutora igualmente impaciente.

"Dou-lhe um tapa, mas depois me sinto pior do que ele."

Reflito que é típico dos egocêntricos atribuir a si a primazia não somente dos méritos, mas também das culpas.

"Não!", repreende-a a doutora. "Isso não se faz!"

"Eu sei!", admite, contrita. "Por isso queria ouvir a opinião de vocês. Não sei por que me comporto assim."

Sempre temi as professoras de matemática. Mesmo quando eram indulgentes, quando adiavam para uma explicação posterior, dada com calma e lucidez, o que eu nunca compreenderia. Pois era justamente nessas ocasiões que o pânico me sufocava, porque minha culpa aumentava. Seu conhecimento era uma forma de terrorismo disciplinado e constante.

"Interrompa a aula!", aconselha a doutora. "Vá beber alguma coisa, distraia-se. Não deve se comportar assim com seu filho!"

"Claro!", responde ela, simulando uma ânsia incontível. "Mas eu gostaria de saber", junta as mãos, "qual é a raiz de minhas reações. Eu acho que imagino, mas queria uma confirmação."

Na realidade, sempre sabem a resposta. Só desejam um auditório.

Continua, quase suplicando:

"É amor-ódio, não acham?"

Acrescenta:

"É isso que sentimos por nossos filhos. Nós os amamos demais!"

Ostenta, como muitas mães que não o sentem, um sentido épico da maternidade. Vem à minha cabeça a frase de um pedagogo americano, que dizia:

"Querem fazer algo a mais por seus filhos? Façam algo a menos."

A assembléia ouve em silêncio constrangido. Por vezes, a chantagem das palavras nos impede de manifestar a repulsa que provocam.

A doutora olha para mim, em busca de ajuda:

"E o senhor, professor Frigerio, o senhor que ensina e que há de ter dado aulas para seu filho, o que diz disso?"

"Não, eu lhe dei poucas aulas", respondo. "E justamente por causa dos efeitos que essa senhora mencionou."

"Estapeava-o?", pergunta a professora com sua alegria zombeteira.

"Não, mas há ofensas mais graves do que um tapa. Basta o olhar. Basta a impaciência."

A professora embala, feliz por ter encontrado alguém que imprudentemente considera um aliado:

"E acontece bem com nossos filhos, os que mais amamos! Não com os outros a quem damos aulas particulares."

Digo-lhe, grave:

"Pronto, a senhora tocou num ponto importante do problema."

"Qual?"

"Antes de mais nada, a aula não é normal. A senhora não recebe nenhuma remuneração."

A professora olha-me espantada.

"Essa é a primeira frustração", acrescento, "que não podemos ignorar."

"Mas o senhor é um cínico!", exclama a professora.

"O problema não sou eu", prossigo. "O problema é a aula. Uma aula gratuita, acredite, necessita de outras gratificações. Que neste caso, ao contrário, são substituídas por novas frustrações, porque o aluno não compreende."

Estou satisfeito com minha calma.

"A essas frustrações", continuo, "acrescenta-se uma decepção ainda mais profunda, porque o aluno é nosso filho."

"O amor-ódio de que eu falava antes!", estimula a professora.

"Não", respondo de cabeça baixa. "Eu não chamaria assim. Eu chamaria de ódio. A senhora naquele momento odeia seu filho e só. É ódio puríssimo."

"Como assim?"

Voltou-se para a doutora, que no entanto não se pronuncia.

"Não precisa nos dar satisfações", digo. "Está batendo no menino. Vai gostar dele depois. Naquele momento o odeia."

Volta-se novamente para a doutora:

"Mas a senhora, o que acha? É verdade que eu sinto isso?"

"Por que sempre pede a confirmação dos outros?", responde a doutora. "Pense no que a senhora sente."

Salvamento no mar

Conto à doutora, em seu estúdio de vidro — agora que as consultas terminaram, as luzes no ginásio diminuíram, as fisioterapeutas estão no vestiário se trocando, e ela fuma um cachimbo de rádica retangular, como seu rosto descarnado —, uma aventura que me aconteceu em Fano, na última semana de agosto.

Um amigo de Ancona vem me visitar, e vamos à praia com as duas famílias. Parece uma cena de livro de leitura do século XIX — um vento chicoteia a costa, levantando grandes ondas contra os quebra-mares de pedras, que encerram minúsculas baías. Ninguém está na água, a bandeira vermelha esvoaça na areia deserta. Eu, impelido por um impulso infantil ao desafio e à bravata, eu, que me sinto um nadador, ao passo que meu amigo é franzino, eu, acompanhado pelos epítetos cortantes e familiares de Franca, aventuro-me em poucas braçadas até a abertura da enseada, onde as ondas rebentam com um estrondo ensurdecedor. De repente sou tragado para o largo, vejo as alturas onduladas da costa emergindo acima dos vagalhões, para depois desaparecerem sob avalanches de água que me engolem num fervilhar violento. Mantenho-me à tona, servindo-me dos braços e batendo as pernas num turbilhão. Deixar-me levar ao largo pela correnteza, eis o que consigo pensar, absurdo contrariá-la, lembranças de lutas debilitantes e inúteis, entra-me um jorro pela garganta, deveria tentar novamente noutra parte da costa. Aparece, fugidia, a margem numa luz esbranquiçada de temporal, os recifes se afastam. Sinto repentinamente um grito indistinto, vejo Carlo numa depressão espumante, oprimido pelo pânico, desvairado; chama-me com voz irreconhecível, nado em sua direção, uma onda me revira, volto à superfície, agarro-o pelo braço. Seu rosto está verde, a boca arreganhada num sorriso insensato. Estreito-o sob as axilas, digo: "Fique calmo, Carlo, fique calmo". Não opõe resistência, não se enrosca em mim, sinto gratidão, bebo sal, a água escancara-se em voragens, nos cobre, bebo sal mais uma vez, enquanto torno a subir rumo à luz por entre a espuma, ele como que paralisado mas próximo. Novamente para baixo, levanto-o pelos quadris. Ao emergir, vejo num relance a costa, ainda mais distante, entre os borrifos: acabou, é uma coisa idiota, acabou, não podemos nos salvar os dois, e eu não posso deixá-lo, morreremos os dois — até cinco minutos atrás estava na praia. A onda nos ergue, procuro segurá-lo pelo braço, ele desliza para baixo e desaparece de chofre, sinto seu corpo entre as pernas, agarro-o, jogo-me para baixo, empurro-o para cima num arranque, consigo sair, gemo, estamos indo cada vez mais para o largo, é a correnteza, as ondas são mais longas. Torno a pegá-lo pelos quadris, mas me falta o fôlego, agito-me, abraço-o, seus olhos estão vidrados. As ondas inchadas passam por baixo, a praia é uma faixa intermitente, é assim que se morre, vejo um ponto escuro na água, a superfície sobe, empina, a crista derrama-se para além de nós, o ponto ficou maior, é um bote, um homem grita, xinga, insiste nos remos, o barco se desequilibra, está para emborcar, torna a cair num impacto sobre os vagalhões, mas avança, reconheço o salva-vidas. Agüenta, Carlo, vamos conseguir, ele está inerte, antes assim, recupero energias, o bote ricocheteia sobre as ondas, mas está cada vez mais perto, está a poucos metros. Caralho!, grita o salva-vidas, evito a ponta de um flutuante, o salva-vidas rema para trás. Pegue-o pelas pernas!, grita; levanto-o, está rígido como um cadáver, ele consegue agarrá-lo pelas axilas, arranca-o da água e o iça a bordo e, enquanto isso, escorrega para trás, mas não cai. Malditos!, grita, está furioso. Segura firme!, grita. Mergulha os remos para a frente, a baía está se aproximando, os flutuantes afundam por entre as ondas que deslizam acima de minha cabeça, vejo uma massa de bolhas, respiro, bebo, mas uma pancada repentina me faz largar a pega. O barco bateu contra um rochedo, o salva-vidas pragueja, consegue desencalhá-lo, um remo se parte, uma onda nos liberta, ergue-nos para o alto, antes de nos arremessar na boca entre os dois quebra-mares — voamos como sobre uma corredeira, precipitamo-nos, estamos dentro do porto, aqui a água é calma, o fragor está distante. Fecho os olhos.

"Seu idiota!", ouço Franca gritando, estamos realmente no porto, toco o fundo arenoso.

"Carlo!", grita Veronica entrando na água, como se ele estivesse morto.

"Está desmaiado!", grita o salva-vidas, saltando de pés juntos na areia.

Apóio meus braços no flutuante do bote, enquanto os outros se arriscaram até ali e carregam Carlo para a areia. Estou vivo, exausto, em estado de graça, cambaleante.

"Maluco!", ouço o salva-vidas recriminar com desprezo, apontando aos outros apenas a mim. Passando do mar para a praia, as injúrias transformaram-se em repreensões. Franca, junto com Paolo e Alfredo, está me esperando na passarela de madeira diante das cabines fechadas. Fremente, de perfil, tenta expressar indignação, participação, comiseração, intolerância. Consegue discretamente. Alfredo sente-se autorizado, pela idade, a manter um silêncio superior. Paolo, hesitante entre festejar e acusar, diz com sua voz rouca: "Pai, você é louco!". "Eu?", respondo. "Foi ele quem me seguiu!" Franca balança a cabeça diante de um jogo perdido.

"E como se saiu o seu amigo?", pergunta-me a doutora, tirando o cachimbo da boca e apertando com o polegar o tabaco no fornilho.

"Ficou uma semana no hospital", respondo. "Agora está melhor, mas não foi fácil."

"Como assim?", pergunta-me com curiosidade.

Dou-lhe algumas informações: infecção intestinal de tanta água engolida, cinco dias de febre, pesadelos recorrentes de naufrágio e de afogamento. Mas, quando acordado, lembrava que meus convites à calma estranhamente haviam surtido efeito, nunca se sentira tão tranqüilo, como se alguém o embalasse e ele fosse um recém-nascido. "Entendo o que quer dizer", eu comentara, como se diz geralmente quando não se entende. Fora uma das experiências mais doces de sua vida, acrescentara. "E para você?" "Eu lembro que queria protegê-lo", respondera-lhe, "e que já estava me conformando." Calara a sensação de idiotice. Para não resvalar no patético, acrescentara "estava pronto a lhe dar um soco, se você tivesse se enroscado em mim. Mas não foi preciso."

"E o salva-vidas?", pergunta-me a doutora, metendo de novo o cachimbo entre os dentes e arreganhando o lábio superior, com uma mímica que os fumantes de cachimbo compartilham com os cavalos.

"Foi elogiado nos jornais, e prometeram-lhe uma medalha, por ter salvado duas vidas."

Acrescento:

“Isso não me parece totalmente exato.”

“Por que não?”

“Eu acho que, se meu amigo não estivesse lá, eu teria me salvado sozinho”, respondo, indeciso entre vaidade e orgulho.

“Mas o senhor sabe que a história não é feita de *se*?”, diz ela, rindo.

Apagam-se as luzes no ginásio, enquanto as janelinhas com grades, à altura da calçada, filtram a claridade da rua.

Fernanda aparece à porta. É a fisioterapeuta mais velha, a mais confiável e competente, a mais cansada.

“Vou para casa”, diz.

“Ainda aqui?”, a doutora finge repreendê-la. “Caia fora!”

Ela mal sorri àquele sinal bruto de solidariedade após um dia desgastante.

“Boa noite, Frigerio”, diz, fechando a porta.

Cumprimento-a.

Viro-me para a doutora:

“São ótimas suas colaboradoras.”

“São excelentes”, responde-me ela, séria.

“Não há homens na equipe.”

“Não precisamos.” Olha para mim. “Antes assim.”

Acrescenta:

“Não sou lésbica, se é o que pensa.”

“Nunca pensei”, digo.

Não é verdade, pensei quase imediatamente, é o que os homens gostam de pensar quando uma mulher mostra autoridade, dureza e ambição profissional. Mas já da segunda vez tinham me informado que se apaixonara perdidamente por um fisioterapeuta chileno, que depois fugiu para a terra dele com o caixa. Uma zombaria, piorada pelo ridículo da situação, que a tinha amargurado e tornado cruel, afiando seu temperamento cortante, não menos que generoso.

“Eu admiro a senhora.”

"É bom mesmo!", comenta.

O cachimbo apagou-se e isso lhe permite chupar no vazio a boquilha, cavando as faces, apogeu totêmico do fumo.

Retoma:

"Fale-me mais de Fano. Que reações teve?"

"Franca?"

"Não, o senhor!", aponta-me com o cachimbo. "É o senhor que me interessa!"

"Um grande apetite", respondo. "Almoçamos no restaurante da praia, e comi também o espaguete de Franca, que estava abalada."

"Quanta sensibilidade!"

"Quem? Eu ou Franca?"

"O senhor!", ri. "Como é que devo lhe dizer?"

"Sentia uma grande energia", continuo. "Estava feliz comigo. Estava pronto a morrer e não o odiava. Parece-me um bom sinal, não é?"

"É, bom sinal!", responde-me ela, carrancuda. "Não fique aí se exibindo!"

"Não, não estou."

"Não é verdade!", exclama. "Se pudesse se ver!"

Sorrio. Nesses momentos, gosto muito dela. Poderia até se tornar atraente. Digo:

"E por fim, uma colega sua tratou de dar um jeito nisso."

"Quem?"

"A doutora Fazio, conhece?"

"Não", abana a cabeça. "Diga-me onde trabalha."

"No Instituto Olgiati. É psiquiatra."

"E desde quando o senhor freqüenta psiquiatras?"

"Desde a infância. É uma colega de escola."

Finalmente conseguiu acender o cachimbo. Uma fumaça vigorosa envolve-lhe o rosto. Ela traga com uma volúpia obstinada.

"E o que lhe disse essa amiga psiquiatra?"

"Que tenho mecanismos poderosos de recalque."

"Foi isso que ela lhe disse?", comenta ela, afastando a fumaça com a mão.

"Foi, não sei se é um elogio", respondo. "Usou o adjetivo poderoso, mas falou de recalque. Eu não sei se tem a ver. O que a senhora acha?"

Torna a colocar o cachimbo na boca e, falando meio entre os dentes, com um ar profissional, pergunta-me:

"Quantos anos tem sua amiga?"

"Mais ou menos a minha idade. Trinta e seis, trinta e oito anos."

Reflete, sempre de cachimbo na boca:

"Eu tenho dez a mais."

"Quem é que sempre pensa em si mesma?", pergunto-lhe, provocador.

"Eu!", ri. "Tem razão!"

*

Na noite seguinte, na mesma hora, telefona em casa. Franca pergunta-lhe, com uma apreensão que se torna agressiva de tanta decepção:

"Está ligando para aliviar o programa de Paolo? Achamos meio pesado!"

Ela ouve, depois diz:

"Não é por nossa causa, é por ele. Parece fatigado."

Encolhe os ombros:

"Então não é para ligar?"

Depois concorda, com um ar mais relaxado:

"Entendi."

Faz um sinal com a cabeça para mim:

"Ah, quer falar com ele. Até logo, então. E obrigada por tudo que faz pelo Paolo."

Passa-me o telefone, contrariada:

"É para você."

"Boa noite", digo cordial.

"Mas como sua mulher é ansiosa!", sinto que ela também está contrariada. "Diga-lhe para não se preocupar tanto, o menino continua fazendo progressos, temos sinais bem precisos, não acha?"

"Pois é."

Faço sinal a Franca para que desligue a televisão.

"Também gostei da reação do menino. Chamou-o de louco, ou estou enganada?"

"Pois é."

"Parece-me apropriado e correto", retomou seu tom simpático. "Mas não liguei por causa do garoto. A coisa diz respeito a você."

"O quê?"

"Sabe que hoje de manhã cantarolei sozinha?" Sempre tem um tom cúmplice. "Não me acontecia há anos. E sabe por quê? Por causa de Fano."

"Por causa de Fano?"

Franca olha para mim com ar interrogativo.

"Pensei no que me disse. No que sentia por seu amigo quando acreditava que tudo estivesse acabado."

"Pois é", digo pela terceira vez. Estou ligeiramente emocionado e não gostaria de me arrepender por interromper, como sempre, quem está falando bem de mim. Ela, no entanto, já terminou. Diz:

"Só isso."

Acrescenta:

"Pode ficar contente."

Fico em silêncio. Ela diz:

"Eu estou."

Não sei o que responder. Procuro a impossível salvação no lugar-comum:

"É bonito o que está me dizendo."

"Deixe para lá", exclama ela, retomando seu tom habitual, entre peremptório e amigável. "Eu é que tenho uma pequena dívida. Uma dívida de alegria. Entende?"

"Claro", sorrio.

Franca entendeu que não está falando de Paolo. Roda pela sala, buscando algo que não encontra.

"E pensei no que sua amiga psiquiatra lhe disse. Como se chama?"

"Fazio."

Franca vira a cabeça.

"Pois bem. Diga à sua amiga que não entendeu nada. Posso lhe assegurar."

Rio:

"Direi."

"Só isso", responde. "Até logo."

Desligou.

Eu fico com o telefone na mão. E com um pequeno sorriso ausente. Franca percebe:

"Contou para ela sobre Fano, naturalmente."

"Contei."

Franca aproxima-se de uma janela e fecha com delicado fragor os vidros.

"E o que ela estava dizendo?"

"Que ao pensar de novo naquilo estava alegre."

"Isso o surpreende?"

"Um pouco."

Franca aproxima-se da outra janela. Debruça-se no vazio e fica apoiada no pequeno peitoril.

"Não é assim tão estranho."

“Não?”, pergunto incrédulo.
Franca também me parece um tanto estranha.
“Não”, responde-me séria. “Posso entender.”
Espero que continue. É a segunda vez em poucos minutos.
Mas ela não continua.

Testes

Tem problemas com a matemática.

"Eu também sempre tive", digo.

"Eu também", diz Franca.

É nosso primeiro conforto depois dos testes.

"Eu nunca entendi nada disso", intervém minha sogra, com atrevimento.

Olho para ela. Não sei como interpretar essa notícia, se tirar dela presságios bons ou maus.

"Sempre fui uma catástrofe", acrescenta com orgulho.

Abaixo a cabeça. Não é preciso muito para transformar uma conversação numa farsa. Basta uma pessoa. Este também é um teste.

*

"Ouça, Paolo, se eu dividir cem por dois, que resultado obtenho?"

"Cinqüenta", responde imediatamente.

A rapidez aqui não tem importância. É a terceira vez que

repetimos o exercício. A esta altura, talvez nem faça operações, apenas se lembre das palavras.

"E cinqüenta dividido por dois?"

"Vinte e cinco."

"E vinte e cinco multiplicado por dois?"

"Cinqüenta."

"E cinqüenta multiplicado por três?"

Fita-me. Está convencido, assim como eu, que está para errar.

Digo-lhe:

"Pense!"

Sei que, dizendo assim, vai deixar de pensar.

Por que estou fazendo isso? E por que ele *quer* errar?

Está agitado, seu peito se ergue, os olhos brilhantes. Está se precipitando rumo ao abismo.

"Cem."

"Não!", bato a palma na mesa. "Por que cem?"

Olha-me com medo diminuído, porque finalmente errou, e eu o agredi.

"Não sei!", grita com voz embargada.

*

Não quero desistir. É minha fraqueza. Na vida, quando não há alternativa, desistimos. Muitos só esperam isso. Vivem para desistir. É isso, estou conseguindo meu jogo. Agiganto os defeitos alheios, para apequenar os meus.

Por que não quero desistir? É por mim? Não, respondo em voz alta, é por ele. Ele me olha espantado, ao me ver falando sozinho. Não, penso, é por mim. Ele neste momento está com medo e há de haver um motivo. Eu também deveria ter medo. Sou seu inimigo. E também o meu.

Encosto a face na palma da mão. No final torno a levantar a cabeça:

"Paolo, vamos recomeçar."

Ele estremece.

"O dobro de cinqüenta é quanto?"

"Cem."

"E a metade de cem?"

"Cinqüenta."

"Até aqui, tudo certo."

Estico a palma sobre a mesa, como se quisesse verificar sua estabilidade, não menos do que meu poder:

"E a metade de cinqüenta?"

"Vinte e cinco."

Por enquanto só a memória está agindo. Ele não está calculando, lembra-se de palavras. Não é compreender matemática, é repetir o que se aprendeu.

"Quer deixá-lo em paz?", intervém Franca.

Está pálida, segurou-se até este instante, ouvindo da cozinha, mas agora despencou na sala exasperada, para libertá-lo e vingá-lo.

Paolo olha para ela com gratidão, como uma salvação inesperada.

"Estou verificando se entende matemática ou se limita-se a decorar", procuro me defender com um sorriso nada natural.

"Por quê, por acaso você entende de matemática?", exclama. "Por acaso entende os números? Logo você!"

É um "você" carregado de agressividade, de desespero, de desprezo. O que entendo eu de matemática? Sempre confiei na memória. Lembro-me repentinamente de minha paralisia diante de uma pergunta *diferente* da professora. De uma abertura para ela alegre e para mim fatal. Bastava ela propor: "Ou então, em outros termos...". E eu, esses outros termos, os detestava, nunca imaginava o que eram, nunca os adivinhava.

"Responda!", persegue Franca.

"Sim, é verdade", sinto constrangimento e alívio.

"Desculpe-me, mas então é idiota atormentá-lo desse jeito!"

Disse idiota em sentido impessoal, é uma convenção tácita entre a gente, o subterfúgio que lhe permite dizer-me isso num sentido direto.

"Só queria que raciocinasse, e não que decorasse", respondo. "Acho que ele erra de propósito."

"Como assim, de propósito?"

"Ele desiste de pensar assim que fico inquieto. E dá a resposta errada para se punir. Ou talvez para me punir."

"Chega de suas teorias!", grita ela. "Se é assim, para que insistir?"

"Porque eu erro!", grito também. Baixo o punho no braço da cadeira. "Não posso errar?"

Nunca tive tanto orgulho de proclamar um erro meu. Tão arrogante, tão em apuros.

"E então pare!", grita ela agarrando-me o braço.

Levanto-me num impulso e agarro-a pelos ombros, sacudo-a com violência, enquanto ela se desvencilha, gritando:

"Mas o que você está fazendo?"

"O que *você* está fazendo?"

Há medo e ódio em seus olhos, solto-a, ela passa as mãos nos ombros, como se estivessem doendo, vai deslizando-as nos braços, esmorece na cadeira.

"Agora não exagere", digo.

Procuro sufocar o arquejo, adquirir uma voz quase normal. Mostrar sobretudo calma, quando a perdemos. Ela também está tentando recuperá-la. A respiração torna-se menos ofegante, o olhar concentrado no vazio diante de si.

Paolo observou-nos amedrontado, mas também atraído por essas cenas que se repetem com uma periodicidade irregular. Franca, reencontrando uma suavidade inverossímil, pergunta, como que despertando de um sono restaurador:

"Qual era o problema?"

As leis não escritas das relações de casal obrigam-na a uma voz delicada, a um esquecimento oportuno do que acabou de ocorrer.

"O problema são esses malditos testes", respondo com uma execração igualmente comunicativa e cordial. "Nós continuamos a encontrar álibis para ele, mas alguns testes ele não sabe fazer!"

"Calma", diz ela, apoiando as mãos nos joelhos. "Você sempre falou dos limites dos testes."

"De fato."

"Diz que são quantitativos e ignoram a emotividade."

"E o boicote", insisto.

"Que boicote?"

"Dele, quando se recusa a colaborar."

"Isso ele faz com você, porque não sabe lidar com ele do jeito certo."

"Não, ele sempre faz isso."

"Não é verdade."

Fica um pouco em silêncio, amarga, tensa, recolhida. Depois se vira para ele e diz, calma:

"Tente comigo, Paolo."

Paolo olha para ela com renovada apreensão. De salvadora está tomando meu lugar. Aperta os braços da poltrona.

Levanto-me e vou para a cozinha. Fora dos vidros, caiu uma escuridão profunda, e a chuva continua a rumorejar no quintal. Tomo um copo de água da torneira. Acabei de saber pela televisão que a água mineral também é tóxica, e que a de torneira é um pouco menos.

Quando volto para a sala a vejo sob o cone de luz da lâmpada, soltando as mãos dos joelhos e apoiando-as na mesa.

"Não, Paolo, tente ficar calmo. Se o dobro de sessenta é cento e vinte, qual será a metade?"

Paolo olha para mim desnorteado. Procura ajuda.

"Responda para a mamãe", digo.

Ele já não sabe para onde olhar. Não há salvação.

"Cinqüenta!", responde.

"Não!", grita ela. "Você lembra de cinqüenta porque há pouco seu pai estava dizendo isso! O que cinqüenta tem a ver?"

Paolo abandona os braços da poltrona. Enrubesceu violentamente e seu lábio treme.

"Deixe-o em paz", digo.

Acrescento:

"Vamos tentar outra hora."

Ela fecha os olhos:

"Está bem."

Sento-me à mesa. Ela se levanta.

Diz:

"Vamos comer em meia hora. Está bem?"

"Está bem."

Pego a mão de Paolo. Seus olhos estão cheios de lágrimas, mas não chora. Pergunto-lhe:

"Quem está certo, eu ou a mamãe?"

A diretora cantora

Quando passa do quinto ano primário para o primeiro ginasial, peço que ele fique com os colegas de classe. Pedido irregular.

A diretora recebe-me de luvas brancas. Não é uma metáfora. Não se sabe se ela as usa para afetar distinção, ou por medo de contágio. São de renda vazada, e, pelo que me lembro (três anos, desde que foi transferida para essa escola), nunca as abandona.

É pequena, vivaz, explodindo dentro do vestido apertado demais. Sua voz é um gorjeio. Sabe-se que adora se exibir no canto, durante as apresentações anuais de música no auditório do térreo, entre a perplexidade, a simpatia e o riso da platéia. Tem um gênio forte, ao que parece, como todos os extravagantes integrados. Vem ao meu encontro com movimentos vagamente teatrais, de daminha do século XVIII, numa ópera de Cimarosa.

"Oh, professor Frigerio, quantas coisas bonitas sobre o senhor! E também sobre seu filho Paolo!"

Esboço uma mesura:

"Agradecido."

Faz-me sentar diante de sua mesa, entre dois vasos de flores, não sei que flores são, nunca reconheço, talvez gladíolos amarelos. Atrás dela desdobra-se um biombo oriental, com temas faunianos estilizados sobre um fundo verde, pássaros de pântano descendo em diagonal por entre os juncos.

"Gosta?", aponta-o para mim virando o busto.

"Gosto, muito."

"Trouxe-o de casa. Foi presente de um tio-avô diplomata, que ficou vinte e um anos na China."

Olha para mim e acrescenta:

"Não tem muito valor. Mas quebra o ambiente escolar. O senhor deve saber que detesto a burocracia."

"De fato", sorrio. "Disseram-me."

"Por isso mesmo fique tranqüilo no que concerne a seu filho." Apóia a mão em cima de uma pilha de pastas cinzentas. "Ficará na 1ª C, e terá uma ótima professora de apoio, a professora Molteni, conhece?"

"Não, mas eu...."

"Já acompanhou com ótimos resultados uma criança com problemas", interrompe-me, "uma criança com distúrbios de comportamento, é assim que se diz?"

"Claro", respondo, como me acontece quando não tenho nenhuma certeza, mas desejo somente que a conversa continue. "Mas o ponto não é esse."

"E qual é?", pergunta ela espantada, recuando sobre a cadeira de rodinhas.

"Eu queria, digamos, teria preferido, que ficasse com um grupinho da classe dele. Tem grande sintonia com eles."

"Terá sintonia também com os novos colegas!", responde ela resoluta. "Onde está o problema?"

"Veja, foi ele que me pediu", respondo já em dificuldade. "Se fosse uma coisa errada, seria o primeiro a dizer. Mas me parece um pedido razoável."

Ela perscruta-me com uma repentina atenção:

"Professor Frigerio, há quantos anos ensina?"

"Doze", respondo, pouco à vontade, como se estivesse passando por um interrogatório.

"Eu há vinte e nove", diz com sereno triunfo. "Sinto confessá-lo, pois assim traio minha idade!"

Tem um ar malicioso, ao qual reajo atrasado, esboçando um sorriso.

Abaixa a voz:

"Mas a experiência conta. E eu lhe digo que seu filho vai estar muito bem com os novos colegas."

"Mas há algum impedimento burocrático?", insisto.

"O sorteio", responde-me prontamente, definitiva. Tem aquela rapidez que os chefes exibem quando querem participar a um subalterno um segredo qualquer, e ao mesmo tempo mantê-lo afastado. "Não conhece a norma ministerial, a 328, parágrafo 5, de 1976? Imagino que não, o senhor ensina no colegial."

Adquiriu um tom grave, ela que detestava a burocracia. Nada como uma circular para gratificar ou humilhar os homens.

"E o que diz a norma?", pergunto.

"Que a classe, no primeiro ano do ginásio, tem de ser designada por sorteio. Todos iguais perante a lei."

"Sim, mas ele não é igual aos outros", digo.

"Professor Frigerio", retoma ela com experiente paciência. "Essa norma foi instituída para evitar discriminações. E logo o senhor quer introduzi-las."

"Quero", respondo, "eu gostaria de introduzir uma discriminação."

Entrevejo confusamente uma saída, os paradoxos sempre me deram uma ajuda quando a razão me negava.

"Aliás, foram os fatos que a introduziram", acrescento. "Ele não é igual aos outros."

"Mas de novo!", deplora, como se eu estivesse teimando numa aberração. "Nunca teria imaginado que o senhor, professor Frigerio..."

"Ouça-me, por favor, diretora", respondo. Sinto que esse "diretora", ao mesmo tempo despojado e burocrático, cria uma súbita igualdade entre diferentes. "A senhora bem pode imaginar se quero discriminações. Mas justamente por isso não gostaria que ele fosse considerado igual aos outros. Seria uma discriminação para os outros e uma a mais para ele."

"Desculpe-me, mas não estou entendendo", responde-me a diretora, simulando, com uma sacudida de cabeça, um estado de confusão.

"Veja, o racismo é outra coisa", continuo. Aventuro-me num assunto a ser evitado, mas já foi. "Reconhecer a diversidade não é racismo. É um dever de todos nós. O racismo, porém, deduz da diversidade dos homens a diversidade dos direitos. Nós, ao contrário, pensamos que os direitos são os mesmos para todos os homens."

"Até aqui eu entendo", diz a diretora, com o rosto mais relaxado.

Sempre pensei que o modo mais seguro de fazer uma pessoa mudar de idéia é tranqüilizá-la no sentido de que não está mudando.

"Por isso meu filho tem direito a estudar numa instituição pública." Eis aí mais um auxílio lexical para persuadir a diretora: falar em "instituição pública". "Mas também tem direito a ser tratado com um cuidado especial. Por exemplo, não faz ginástica com os outros."

"Decerto!", exclama a diretora.

"Não por acaso, tem uma professora de apoio", acrescento.

"Justamente!", urge.

"E então, se quisermos lhe dar uma ajuda a mais, deixemos que fique com alguém da sua classe."

Impondo o próprio poder, consciente de que a acompanho com o olhar, ela toma para si um tempo bastante longo para refletir. No final, diz:

"Sabe que seu filho não teve sorte? Foi cair, por sorteio, numa classe onde tem apenas um colega!"

"Pois é", digo.

Não acrescento mais nada. O silêncio trabalha a meu favor.

"E como podemos fazer? O senhor foi logo se pôr contra o meio mais democrático já adotado!", deplora a diretora.

"Não, é o sorteio que, neste caso, é contrário à inteligência."

Ela levanta a sobrancelha.

"E o que propõe que façamos?"

"Violar a lei para respeitar o espírito." Estou surpreso com minha temeridade. "Abrir mão do sorteio."

"Não", a diretora recua a poltrona. "Não é possível."

Olho para ela abatido, consciente de que pedi demais. Errei as palavras, não o objetivo. É sempre assim.

"Deixe-me refletir", continua ela, absorta.

Cravo os olhos, do outro lado da mesa, num mapa-múndi gigantesco, azul, giratório, que me impressionara logo ao entrar, sonho insatisfeito da minha infância.

"O senhor se incomodaria se eu envolvesse na questão a representante de pais?", pergunta-me apontando uma portinha atrás de sua mesa. "Pedi que ficasse à disposição, em caso de necessidade."

"Claro", concordo.

Não sei se a procura para ajudar a ela ou a mim. Talvez nem ela saiba.

Fecha atrás de si a portinha. Enquanto espero, volto a olhar o mapa-múndi. O sol, no meio da manhã, resplandece sobre o pátio. Há uma atmosfera quente, luminosa, de férias. Imagino as vozes dos garotos vindo de baixo. Seria o horário do recreio.

"Ei-lo, o nosso professor Frigerio", diz a diretora, aparecendo finalmente à porta e apontando-me com uma simpatia apreensiva. "E eis a senhora Matteucci."

É uma mulher longilínea, elegante, macia, de ar persuasivo. Olha-me com um sorriso de cumplicidade, como se já me conhecesse.

"Expliquei à senhora Matteucci a situação", prossegue a diretora. "Ela é formada em psicologia e também ficou um tanto surpresa."

"Não repare no diploma em psicologia", diz num tom cúmplice minha nova inimiga. "Não pratico psicologia. Trabalho meio período numa agência de propaganda."

"Deve ser interessante."

"Menos do que as pessoas acreditam", responde (vê-se que ela trabalha de fato). "Mas vamos ao seu caso."

Cruza as pernas e apóia sobre elas suas mãos finas.

Seu sorriso não é nada promissor:

"O senhor gostaria que seu filho tivesse um tratamento especial. É isso?"

Não poderíamos começar de um jeito mais negativo. Sorrio e faço sinal que não com a cabeça.

"Então me explique."

"Eu parto de um pressuposto", começo. "De que o Estado queira integrar o portador de deficiência em vez de marginalizá-lo em escolas especiais."

"É isso mesmo", concede ela satisfeita.

Estou usando o jargão ao qual tenho horror, o dos meus interlocutores. E isso me priva de força e credibilidade, ao passo que as adquiro aos olhos dos outros. Mudo o caminho:

"Veja, Paolo é portador de deficiência e terá um professor de apoio", retomo impetuoso. "Eu gostaria que também tivesse o apoio de um grupinho de colegas."

"Por quê? Diga-me, professor Frigerio", pergunta-me a sra. Matteucci com imensa, tranqüila curiosidade. Apoiou um cotovelo na escrivaninha, o rosto na palma da mão, e está prestes a me ouvir como se eu devesse revelar-lhe um segredo. "Por que seu filho faz tanta questão de seus colegas?"

"Eles também fazem questão dele!", respondo. "A classe deu-lhe solidariedade, estima, amizade. Mas ele também deu muito à classe. Isso a professora dele sempre me disse. Para eles foi um incentivo, um estímulo. Talvez por compensação, mas que importância tem isso?"

"Acredito no senhor", assente a sra. Matteucci, arregalando os olhos. Muitas mulheres fazem isso, acreditando tratar-se de um efeito especial.

"Foi uma constatação inesperada", continuo. "Uma classe que tirou vantagem da presença de um portador de deficiência, como ele da dos outros. Por que temos de interromper essa experiência?"

"E quem está interrompendo, professor Frigerio?", pergunta-me a sra. Matteucci, com um tom entre espantado e didático. "Seu filho terá relações interpessoais tão positivas quanto."

"Sim, mas ele sofre de ansiedades um tanto especiais", arrisco, não sabendo a que ponto dar importância. "A idéia de perder os colegas, que afinal vão continuar juntos nas outras classes, a ele parece uma injustiça."

"Cabe ao senhor convencê-lo!", intervém a diretora.

"Mas eu concordo com ele!", rebato. "Para que complicar a vida dele mais do que o necessário? Por causa de um sorteio?"

"Acalme-se, professor Frigerio!", replica a diretora, advogando aflita. "Eu entendo seu estado de ânimo, mas a norma não é uma invenção nossa."

"Está bem", respondo. "Ninguém mais do que eu compreende isso" (como é que me ocorreu uma frase tão absurda?). "Mas é o cúmulo nos tornarmos escravos de um sorteio!"

"E por quê?", pergunta-me a diretora, com um espanto finalmente genuíno. "Quantas vezes já não aconteceu na História?"

Eu também olho para ela espantado. Entendo que esse não é o caminho a seguir.

"Frigerio, vamos raciocinar com serenidade", intervém a sra. Matteucci com voz amável. Suprimiu o título de professor e isso parece estimulá-la para um tom confidencial, quase íntimo. "Responda-me, mas com sinceridade, peço-lhe."

"Sim", concordo.

Sei por experiência que os convites à sinceridade inevitavelmente escondem impulsos agressivos.

"Por quê, professor Frigerio, o senhor tem receio dos novos colegas?"

"Não, é ele quem os receia, aliás, não os receia. Simplesmente gostaria de ficar com algum velho colega, porque eram ligados entre si, porque o protegiam."

"Eis a palavra delatora!", exclama com comedido entusiasmo a sra. Matteucci, tornando a erguer a cabeça. "Proteção! O senhor quer proteger demais seu menino! Mas, ao contrário, ele tem de enfrentar a vida!"

Acrescenta, como se rendendo a uma irresistível novidade:

"A vida é risco!"

Ouço-a estupefato. Sempre se encontra alguém pronto para lhe apontar o caminho que você percorre todos os dias. Mas esse alguém faz isso, diz, em seu interesse, e você tem até de agradecer.

A sra. Matteucci tem um sobressalto, enquanto finca com agilidade a última estocada:

"Por acaso, professor Frigerio, o senhor não estaria querendo proteger a si próprio? E o menino não seria uma projeção de seus medos?"

"Quem? Eu?", abaixo a cabeça. "Não, acredite. O problema é bastante simples e é um problema de bom senso."

Uso essa palavra com desespero. Sempre me pareceu uma renúncia, aqui está se tornando uma conquista. Mas não se há de prejudicar o encontro, isso nunca. Quantas vezes creditamos aos outros, sem que eles percebam, a inteligência de que carecem.

Percebo que as duas mulheres estão se olhando e parece-me um auspício positivo. A sra. Matteucci tem um arrependimento:

"Frigerio, diga-me que não está querendo tirar proveito de seu cargo de professor para nos pedir uma infração à norma, não é?"

"Tirar proveito?", ergo os olhos. "Não me parece a palavra certa."

"Verdade, queria dizer outra coisa, o senhor entendeu."

Anuo, mas não entendi, talvez escolheu a palavra errada para poder se corrigir.

"Mas ainda temos um problema", intervém alarmada a diretora. "Como podemos abrir mão do sorteio? É a lei."

"Não se abre mão", recupero a segurança. "O sorteio terá um resultado mais inteligente. Por que temos de aceitar um sorteio estúpido?"

"Mas justamente porque é um sorteio!", reage ela.

"E nós, que somos mais inteligentes, vamos modificá-lo. Basta ler um D no lugar de um C. Basta um traço de caneta."

"Mas que desenvoltura, Frigerio!", exclama a diretora.

Ela também abriu mão do título, essa diminuição me faz crescer.

Volta-se para a sra. Matteucci:

"O que a senhora diz disso?"

"Eu nada, porque não vi nem soube de nada."

Encosto no espaldar da poltrona.

"1ª D, não é?", pede confirmação a diretora.

"É, obrigado", respondo.

"E de quê?", diz ela.

Matteucci (também abro mão do "senhora", despedindo-me) sai pela portinha atrás da escrivaninha. Tomei parte de uma representação que me deixa prostrado, feliz, melancólico, uma pequena vitória numa guerra destinada a não ter fim.

Despeço-me da diretora. À porta não resisto à tentação de tocar o mapa-múndi. Faço-o girar, devagar, em sentido contrário.

Morte de uma atriz

Minha mãe morreu quando Paolo estava aprendendo a andar. Não sei se ela gostaria desse *incipit* para seu necrológio. Embora tenha dedicado suas energias restantes a essa meta (ajudava Franca todos os dias na ginástica com o menino, numa competição incansável com minha sogra), tinha um sentido exclusivo de seu próprio destino. E talvez o amor obstinado que ela devotava a esse neto, não bastasse para ocupar — usando uma metáfora que lhe era extremamente apropriada — a cena. Pensamos os pais em função de nós mesmos (quando não é assim, retribuímos com um ódio inextinguível), até que, com a idade, assumimos a perspectiva deles. Mas em geral é tarde demais para avisá-los.

*

Minha mãe tinha esperado em vão nove anos, ela que me contava como eu tinha começado a andar aos nove meses. Ambiciosa, amarga, nunca satisfeita com o que a vida lhe dava e sempre ferida por aquilo que lhe negava, atribuía significados simbólicos também às humilhações que sofria. Paolo dando os primeiros passos vacilantes tinha se tornado um campeão, a ser enxergado com admiração. E ela compartilhava com as amigas esses triunfos. As lágrimas que de vez em quando lhe escapavam eram apenas o indício de seu tormento; mas bastavam para compensar o mal-estar por aquela profusão de eventos. Sempre é bom, se quisermos solidariedade, inserir vozes passivas em nossos balanços. Os outros ficam gratos por isso. E sabemos que nunca nos querem tão bem como quando não estamos bem.

*

Atriz, quando jovem, de uma companhia de teatro amador interiorana, nunca abdicara idealmente de seu destino de atriz. Apenas o tinha sacrificado deliberadamente a um orgulho desmedido. César, o imperador, que preferia ser primeiro numa aldeia a segundo em Roma, conseguira, afinal, ser primeiro em Roma também. Ela, temendo não poder rivalizar com ele na capital, também tinha desistido da aldeia. Era esta a diferença entre ela e César: que César se satisfaria com uma aldeia.

Desistindo de fazer do palco a própria vida, transformara esta em palco. Amava as cerimônias, as festas, as recepções, as noites mundanas. Meu pai, oficial superior da polícia, seduzido no início da carreira por suas representações, em seguida ficara docemente enjoado delas. Não ousava contrariar o que considerava uma existência estética, iludindo-se de que a compartilhava com ela, sem nunca entender, até o fim, o quanto a estética fosse estranha a ambos. Quando minha mãe, nas festas, circulava radiosa por um apartamento apertado demais para suas ambições, ele se refugiava em seu canto, onde seu olho estático desvelava a luta contra o sono. Nunca tinha me perguntado se ele a traíra, pergunta que os filhos não se fazem até eles próprios traírem. Então descobrem abismos virtuais no passado de seus pais, dramas hipotéticos e comédias representadas com dissimulada paciência. Quando eu me fiz a pergunta, não encontrei resposta. Era muito mais velho que ela, um dado que entreabria tantas possibilidades quanto se tivesse sido mais novo. Iludo-me, no entanto, que possa adivinhar, retrospectivamente, o comportamento de minha mãe.

Raptado por morte fúlgida (assim escrevera ela no epitáfio que me mostrava, quando eu era criança, no cemitério monumental), meu pai tinha lhe deixado, mais do que a saudade de um homem, a herança da farda que envergara. E, a esta, ela provavelmente fora fiel, sonhando em seu patriotismo visionário ter sido a companheira de um herói.

Quando tombara por engano numa simulação de emboscada, ela havia se fechado num luto teatral, prolongado por anos a fio. Como acontece a não poucas viúvas, sua vida conjugal se tornara, na lembrança, cada vez mais invejável, até porque tinha conhecido o selo do fim. E educara os filhos a um culto da memória que me parece, na distância de anos, uma apoteose laica em chave doméstica.

Não acredito que algum dia eu possa me elevar a tal divinização com meus dois filhos. Franca nunca contribuiria para isso, eles ficariam pasmos, e eu com eles. Quanto à minha mãe, minha renúncia a qualquer uniforme era o oposto do que ela esperava.

Assim surgem os deuses familiares, e assim se põem.

*

De vez em quando, fatigada pela ginástica de reabilitação e pela convivência conosco, se dava períodos de folga, durante os quais voltava para sua casa. Morava num sobradinho no *hinterland*, como se diz, palavra que adotara com desenvoltura, talvez porque lhe parecia enobrecer com um toque inglês uma periferia degradada. Compartilhava o sobradinho com uma senhora igualmente velha, viúva de um chefe de estação da ferrovia aposentado. Nada tinham em comum, a não ser o jardim. No entanto, com o tempo tinham aprendido a se suportarem, concedendo cada qual à outra uma superioridade naquele território para o qual cada uma ligava menos: minha mãe conferia-se a cultura, a outra, o senso prático. Cada uma duvidava da legitimidade dessa divisão e algum sarcasmo repentino deixava isso transparecer. Mas também tinham aprendido a pôr o próprio ceticismo em segundo plano em função de um bem que, com o passar dos anos, se torna inevitavelmente mais importante em qualquer contexto: o armistício.

Meu sogro freqüentemente levava Paolo de carro até à casa dela; algumas vezes eu ia junto. Ela nos recebia sob o pórtico do jardim. Achava que o neto fazia enormes progressos, mas seu entusiasmo acabava me decepcionando. O excesso é o que trai a mentira, a verdade não gosta de superlativos.

Sua hospitalidade marcava ritmos de outros tempos. A falsa surpresa, os protestos pela desordem em que era flagrada, a oferta de uma refeição modesta, em verdade cuidadosamente estudada (como ainda hoje acontece). Em seus *a parte*, não sobre o palco dos hóspedes, mas numa região solitária do jardim, revelava-se sempre, ao contrário, mais humana. Pergunto-me que significado tem o adjetivo, tudo o que o homem faz é humano. Mas *humano* tem um sentido mais misterioso e mais forte. Remete à rendição diante da verdade. Minha mãe, num canto do jardim, entre o teto caído de um galinheiro restaurado e as cadeiras de plástico encostadas na cerca de falsa-acácia, rendia-se à verdade. Dizia-me, por exemplo, que já não tinha certeza de que ia rever meu pai. Para uma crente fatalmente fanática como ela, ou seja, intolerante com as próprias dúvidas, era uma admissão imprevista. Aquilo não parecia desagradá-la particularmente, e isso também era sinal de uma sinceridade tardia. "Já não tenho certeza de nada", segredara-me certo dia, enquanto me servia chocolate numa xícara do jogo de faiança comprado em 1932, em Faenza.

De outra vez, numa tarde silenciosa e arejada de setembro, o vento entre as plantas do pomar, confessara, e em seu rosto havia um cansaço sorridente: "Sabe por que eu sinto morrer? Por causa do sol".

Desconheço se era uma revivescência doméstica do Sol adorado pelos egípcios, ou o retorno das palavras de Antígona recitadas sessenta anos antes, ou uma intuição entre antrópica e cósmica. Ou, mais simplesmente, uma solidão aquecida por um leve calor familiar, nas longas tardes que passava perto da cerca do jardim, olhando para os carros que deslizavam na marginal sobrelevada.

*

Nos últimos meses tinha adquirido uma visão minimalista do tempo. Vivia não dia após dia, mas hora após hora. Tendo ultrapassado os noventa anos, limite que ela imperiosamente designara ao destino, sentia-se uma sobrevivente. E aderia com uma intensidade desconcertante ao presente, sem saudades nem esperanças.

Cultivava com zelos constantes uma pequena horta, numa das extremidades do jardim. A mim continuava parecendo visionária, como quando eu era criança. Mas se então eu não compartilhava de suas ilusões, agora ouvia com interesse seus relatos sobre o crescimento dos legumes. Tornara-se visionária em pequeno.

Isso tornara-a compreensiva também em relação à deficiência. Antes a odiava, agora amava seus espaços de serenidade. Já não perguntava onde Paolo falhava, mas onde ele se divertia, onde se sentia bem. E as lágrimas que rechaçava sorrindo eram de melancólica felicidade.

Talvez não tivesse desgostado de ouvir as palavras que um velho padre, vibrante na voz viçosa e enrouquecida, pronunciara diante de seu caixão, na manhã das exéquias. Falara de vida, não de morte, de ressurreição do corpo, não de dissolução, de luz fulgurante, não de escuridão. De uma felicidade que desorientara as máscaras dos presentes, as serenas dos parentes e as graves e austeras dos turistas do luto. Não tivera palavras para ela, e eu considerara aquilo um sinal da providência, pois de todo modo lhe pareceriam inadequadas.

*

Após aquela cerimônia estranha, talvez mais próxima do tempo das origens que dos horários das metrópoles, talvez mais próxima de uma festa que de um funeral, parecera-me, saindo da igreja, acompanhá-la numa última viagem por entre os campos. E enquanto na manhã de junho, quente e límpida, seguíamos o carro fúnebre por uma estrada de terra, ladeada por muros de pedra e árvores sobranceiras, pensava no sol que ela tinha aprendido a amar e que brilhava entre os ramos, remoto e próximo.

Um parecer tardio

Entre os muitos médicos que se ocuparam de Paolo, lembro-me de um de quem esqueci quase tudo: rosto, nome, circunstâncias da consulta. Tínhamos nos dirigido a ele, se não me engano, treze anos após o nascimento. Especialista de grande experiência e grande fama, fora-nos aconselhado por um amigo comum. Esperávamos uma reconfortante demonstração de apoio às terapias que tínhamos seguido até então e talvez um conselho decisivo, que permitisse uma aceleração dos inegáveis progressos. Nem sequer me lembro de onde morava, nem de seu consultório (freqüentemente estou mais interessado nos apartamentos do que em seus ocupantes). Estávamos menos oprimidos pela angústia do futuro, que nunca abandona quem tem um filho portador de deficiência. E esperávamos, calmos, por seu parecer.

A única coisa de que me lembro são suas palavras, estas sim, que vou relatar à maneira dos antigos historiadores (embora nem sempre o declarem). Ou seja, usarei minhas palavras para reproduzir o inequívoco sentido das suas:

"Sinto muito, acreditem, pelo trabalho que tiveram e que

sobretudo a senhora teve, mas foi totalmente inútil. Eu não tenho a menor confiança no método Doman. Sua única característica é adiantar um pouquinho os progressos que o paciente faria de qualquer modo. Rodar cento e oitenta graus a cabeça da criança quatrocentas vezes num só dia e bombardear seu cérebro com estímulos produz, sim, algum efeito. Mas também uma carícia insistente nos dedos dos pés ou uma volta no carrinho empurrado pela mãe produziria isso. A fisiologia poderosamente reativa da criança sabe mais do que a patologia atacada por Doman. Eu sei, para vocês pode ser uma surpresa amarga, mas o menino, pelo que eu posso entender, fez progressos. É assim tão importante saber o porquê?"

É provável que a esta altura ele tivesse dado um sorriso para nós, tão solidário como orgulhosamente resignado ao próprio saber.

Percebo, no entanto, que recordo (talvez não seja casual) nossa reação, que nos havia surpreendido a ambos. O homem sempre é o espetáculo mais imprevisível, até para si próprio. Era como se tivéssemos tomado conhecimento de uma zombaria feita a outras pessoas, não a nós. Aquela conversa não nos arrasara, como seu autor esperava (agora que posso julgá-lo na distância dos anos). Nunca diria para um ex-aluno meu que seus estudos foram totalmente inúteis, e que teria aprendido melhor por outros caminhos que não aquele que aprendera com esforço na escola. Amiúde a crueldade é chamada inconsciente só porque recorre ao sorriso para se ocultar: a lâmina afunda nas costelas, mas aquele que o apunhala o sustenta amorosamente e diz palavras de conforto. Quanto aos médicos — com a devida exclusão dos melhores —, têm um álibi a mais, a franqueza ética (outro é a estupidez, mas isso eles não sabem). O especialista tinha sentido um arrepio de prazer ao nos revelar a inutilidade de uma década de trabalho. Mas exatamente essa percepção o diminuía a nossos olhos, e negava confiabilidade ao seu balanço. Certamente exagerara pelo prazer do paradoxo, e por afinco cordial. Sua delicada ferocidade nos acalmava.

*

A mim voltara à memória um conto de Maupassant, intitulado, acho, "O colar": a protagonista, após ter sacrificado anos de sua vida para pagar a dívida de um colar de diamantes que lhe fora emprestado e que ela logo perdera, descobre aterrorizada, no final do conto, que o colar era falso. Não, nós não havíamos reagido com pânico, nem sequer retrospectivo, e isso marcava a diversidade das duas situações. Aqueles anos haviam sido uma escalada para o garoto e para nós, tinham nos ajudado a ter esperança. Nós provavelmente tínhamos lhe transmitido — através da tortura diária de uma ginástica obsessiva — também uma confiança irresponsável na recuperação. E isso, à luz dos resultados, havia de ter contado.

*

Desde então nunca mais falamos daquele médico. E o temido "retorno do recalcado" nem mesmo hoje nos dá medo. Talvez não o tivéssemos recalcado, mas esquecido. No entanto — em alguns aspectos — ele estava certo.

O que estava errado era ele.

Tempo ao tempo

"Sim", responde-me Franca. "Como todos os garotos de sua idade."

"E de onde você tira isso?"

Estamos sentados no quarto de Paolo, que desceu para o quintal para dar uma volta em seu ciclomotor elétrico. Ela aponta a cama:

"Sou eu quem arruma todos os dias."

"E não são ejaculações noturnas."

"Não, não são ejaculações noturnas."

"Você o viu?"

Olha para mim impaciente:

"Não, mas é como se tivesse."

Finjo ficar indiferente, mas não estou.

Aquiesço:

"É normal."

Não sei se fico confortado ou aflito.

Ela diz:

"Mas você deveria falar com ele."

"Sobre o quê?"

"Não, não sobre isso", responde séria. "Sobre o assunto em geral. Pode ajudá-lo a amadurecer."

"Ele lhe parece infantil?"

"Não comece com suas manias, por favor!", exclama. "Até a médica teve de repetir para você que ele é inteligente! Você só se preocupa com a inteligência!"

Evito olhar para ela:

"Preocupo-me com a coisa mais importante."

"Certo, mas ele tem uma experiência mais limitada do que os garotos da idade dele. Justamente por isso você devia intervir."

"Você acha que seria bom para ele?"

"Acho!"

Ela própria está surpresa.

Diz-me, com uma incredulidade conjugal:

"A você, ele ouve!"

Ouço-a em silêncio.

"E afinal, você é professor ou não? Poderia ensinar alguma coisa para seu filho também!"

"Está bem", respondo, também incrédulo.

*

Está deitado na cama com um travesseiro atrás dos ombros, os pés alinhados.

"Paolo, gostaria de conversar um instantinho?"

É a premissa indispensável para os problemas mais importantes, aqueles para os quais temos menos tempo.

Faz uma careta apreensiva, uma desconfiança mal disfarçada. Recebe-me como uma visita inconveniente, daquelas que ligam à hora do almoço, enquanto você está comendo, porque — confessam — sabem que vão achá-lo em casa. Penso imediatamente numa amiga minha, que me contava a inexplicável resistência de sua filha ao diálogo com ela. "Não me espanta, conhecendo você", tinha comentado. Depois, mais a sério, "Você não acha que o diálogo também inclui o silêncio?".

Estou repetindo o mesmo erro.

"Sim", responde-me, erguendo-se com dificuldade na cama. "Sobre o quê?"

"Sobre as relações com as garotas."

Adquiri um tom repentinamente desenvolto, como se perseguisse uma idéia bizarra que me cruza a mente.

Ele tem um ligeiro sobressalto, depois os pés tornam a se alinhar.

"Você quer falar sobre isso?"

Faz que sim com a cabeça.

"Por exemplo, você sabe como acontecem as relações sexuais?"

Torna a fazer que sim.

"Sabe por que estou perguntando isso?", continuo. "Porque eu, quando tinha sua idade, ainda não sabia."

É verdade, ele olha para mim ligeiramente desconcertado. Eu tinha identificado algumas peças do quebra-cabeça, mas não sabia como combiná-las. Até havia imaginado que a mulher tivesse uma bomba de aspiração e que o homem fosse sorvido por ela. Uma coisa absurda, quase verdadeira.

"Você é um garoto bonito, tem problemas para andar e falar, mas seria perfeitamente possível alguém gostar de você."

"É", concorda a contragosto.

"Tem senso de humor e é muito gentil. É um aspecto de que as garotas gostam. Também é galante."

Pisco para ele, e ele sorri pela primeira vez.

"O que lhe falta então para conquistá-las?"

Dou por estabelecido que alguma coisa lhe falta e isso faz com que ele torne a sentir-se incomodado. Erro adicional é perguntar justamente a ele a resposta.

"Talvez haja alguma coisa que lhe falta", digo.

Ele olha para mim com uma curiosidade resignada. Sabia que os adultos perguntam para responderem eles mesmos.

"Um pouco de malícia", acrescento. "Você tem de deixá-las curiosas. Tem de tentar surpreendê-las."

Estou lhe dizendo o que minha mãe, a par de minhas histórias sentimentais, dizia-me sobre as mulheres, quando eu era garoto como ele. Falava delas como objetos mecânicos com reações programadas e mostrava um certo desprezo, não inferior ao que ela reservava aos homens.

Paolo está perplexo.

"Você tem de ser menos infantil", digo. "Às vezes você é repetitivo."

"Você também é."

Sabe que revidar as acusações sempre funciona. Dou risada. Está ganhando terreno. Talvez seja apenas o que eu também quero.

"Veja, o ponto não é esse", continuo. "Todos os homens são, a seu modo, infantis. Nunca saímos da infância. Ficamos por lá tempo demais."

Ouve-me com maior interesse. Fala-se menos dele e mais dos homens. Eu também tenho um interesse maior pelo que estou dizendo (ensinamos somente quando aprendemos?).

"Por isso as mulheres não desgostam que os homens sejam infantis. Basta que não o sejam demais e que não o sejam sempre."

Não comenta, mas parece concordar.

"Você deveria encontrar uma daquelas garotas altruístas, que estão dispostas a enfrentar certas dificuldades. Não que, com elas, as surpresas ruins também não ocorram."

"E daí?"

Aquieta-se quando os problemas se tornam excessivamente complicados, e seu caso está incluído na complicação universal.

Digo, para sair do constrangimento:

"De qualquer jeito você entendeu."

"Não."

Caímos os dois na risada. Talvez não tenhamos nos compreendido, mas nos entendemos.

Aproveita para dar o pulo final, que no momento é mais necessário para ele. Diz, para me tirar do constrangimento:

"Pai, tempo ao tempo."

Por essa você não esperava

Durante alguns anos, entre os dez e os quinze, disse-me, em diferentes ocasiões, essa frase. Quando conseguia subir sozinho, enquanto eu apertava o botão do elevador, os três degraus que o separavam do plano elevado. Quando enchia o copo sem derramar uma única gota, inclinando com mão trêmula a garrafa de água mineral. Quando jogava a bola de borracha dentro de um grande cesto, sem cair para trás batendo a cabeça no tapete. Ou quando reservava por telefone dois ingressos para um espetáculo de música popular, de que ele gostava, e o guichê aceitava a reserva em vez de interromper a chamada. Com efeito, não raro tomam a voz lenta, arrastada, por vezes desarticulada, por um trote, e desligam. Noutros casos pedem-lhe para repetir a frase, com o mesmo resultado. Ele não desiste, o rosto imediatamente suado, os olhos brilhando, uma determinação que me enche de orgulho e me exaspera. Gostaria de intervir ao telefone e gritar com quem está na outra ponta para ser mais atento e concentrar-se mais, para não lançar mão imediatamente daquele "Não entendi" de que muitos, no lugar de lamentarem, têm orgulho.

*

"Não, não esperava", respondia-lhe, tomado por um entusiasmo excessivo pela minha sinceridade. Até que percebi que lhe causava desgosto. Era como reabrir uma ferida que ele queria fechar. E escolhíamos, os dois, o jeito errado. Enrubescia com uma melancolia retrospectiva, que lhe intoxicava o prazer do momento. Tinha nas pupilas um clarão de pressentimento inquieto, como a confirmação de um medo inextinguível. Eu procurava valorizar o presente, mas isso tornava o passado ainda mais insuportável. Ver a confiança em nós negada pelas pessoas que nos são mais caras é uma experiência atroz pela qual todos passamos. Fortalece-nos contra as recaídas, mas pagamos com o preço da dureza, que nos nega a felicidade da entrega, a nós mesmos e aos outros.

Paolo não queria que lhe confirmasse a falta de confiança com que demasiados pais acompanham o crescimento de um filho. Em sua ingenuidade repetitiva, esperava que o presente jogasse uma luz liberadora sobre o passado. Que a sentença inapelável pronunciada sobre seu futuro viesse a ser modificada por uma sentença retroativa. Até que, certa noite, eu pensara sobre uma frase que, quando eu era criança, um professor de italiano me reservara ("Você nunca saberá escrever!"), num furioso acesso de estupidez e crueldade, uma frase nunca esquecida que me persegue, em sua injustiça, desde então. E compreendera que com Paolo tinha de modificar o passado, para torná-lo aceitável a ele (ao passo que com o meu já não me era possível). Assim dissera-lhe, falando com gravidade, com aquela verdade que descobrimos quando a estamos alterando:

"Veja, não que eu não acreditasse em você. Eu esperava que você conseguisse, mas não queria me iludir. Sabia que se me iludisse, me tornaria intolerante a cada erro seu. Por isso, contra meu próprio pressentimento, preferia perder a esperança. Entende?"

Não sei se ele entendeu o que eu lhe disse. Amiúde os outros entendem apenas que estamos perturbados e que queremos ajudá-los. E nos devolvem aquilo de que precisamos, sua ajuda.

Desde aquela vez, Paolo nunca mais me perguntou se eu esperava por aquela.

Uma garota ao telefone

Vejo-o roxo ao telefone, balbuciando. Tem o rosto suado, os olhos brilhando.

Franca, passando a meu lado indo para o corredor, sussurra:

"É uma garota que já ligou para ele."

Está cabisbaixo, pergunta-lhe, com sua voz meio rouca e fatigada:

"Mas como você se chama?"

Fica ouvindo em silêncio, a respiração ofegante. Depois diz desnorteado:

"Não me lembro."

Levanta os olhos e, ao me ver, volta-os imediatamente para o outro lado.

Depois suspira, toma fôlego. Em geral, se estou presente, solicito-o, até com gestos, a responder mais rápido, para não cansar o interlocutor. Agora, porém, não digo nada.

Pergunta-lhe com seu vagar, mas com um olho levemente cúmplice:

"Onde você quer me encontrar?"

Ela não deve ter entendido, porque ele tenta, como faz nesses casos, soletrar:

"On-de vo-cê quer me en-con-trar?"

Espera, trepidando. Gostaria de abraçá-lo. Pergunta:

"Quando?"

Depois fica com o telefone na mão, espantado, abatido.

"Desligou?"

Ele responde:

"Foi."

"Conhece ela?"

Faz que não com a cabeça. Receio que esteja para chorar.

Não sei o que dizer, a não ser a verdade. Logo. Ao menos a verdade.

"É um trote, Paolo. Não é para levar a sério!"

Concorda.

"É uma brincadeira idiota. Na minha classe também faziam isso, as moças ligavam para os garotos de outra classe, sem se deixarem reconhecer."

Estou mentindo (por falar em verdade...). Mas poderia ser verdade.

"Reaja!", insisto. "Não é para dar bola, é uma boba. Diga-lhe isso da próxima vez!"

Ele olha para mim:

"Não!"

"Sim! Tem de aprender que há garotas bobas. Não lhe dê atenção!"

"Mas o amor é importante!", diz com uma voz estrangulada e finalmente clara.

Acrescenta:

"Talvez você não saiba disso!"

Tenta se desvencilhar de mim, que estou segurando seus ombros.

"Claro que eu sei, Paolo!"

"Ela me falou disso!"

Sinto que tenho de distraí-lo, e não concordar com ele. Se me visse emocionado, seria pior.

"Ela é uma garota, deve ter pena dela", respondo, tomando a mão dele nas minhas. "São brincadeiras idiotas, mas eu não consigo nem ficar com raiva dela!"

Fita-me espantado.

"É, é idiota ela passar um trote em você", continuo. "Até cruel. Mas trata você como trataria os outros. Não tem pena, compreende? Decerto não podemos louvá-la, mas há coisas piores."

Não sei o que estou dizendo, mas consegui distraí-lo. E alguma coisa deve tê-lo confortado. Está se acalmando.

Acrescento:

"Quando crescer, vai ser a primeira a compreender que foi boba."

A piada não o convence. Disse fatalmente a palavra que mais diminui as outras. Por que apostar no futuro daquela moça? Por que tanta filantropia a longo prazo?

"Tem razão, Paolo", digo-lhe. "Pode ser que continue sendo uma boba. Pense na quantidade de bobos que há por aí. Você acha que, quando eram garotos, eram inteligentes?"

Escapa-lhe um sorriso.

"Isso, assim está bem", prossigo. "Não vale a pena se perguntar por que fez aquilo."

Readquiriu um rosto sério e desapontado, e com sua voz baixa me responde:

"Fez porque sou um portador de deficiência."

Orações

A cura, até Paolo ter dois anos, tinha de ser *completa*. Era meu pedido quando rezava, aos domingos, durante a missa. Tinha recomeçado a assistir à missa após anos de afastamento e, supunha, de despedida. Convencera-me uma voz interior (ouvia-a claramente, diria fisicamente, e não me parecia ser a minha) que seria atendido.

Em seguida diminuí o pedido. Aboli o adjetivo *completa*. Bastava-me que a cura fosse parcial. Estava disposto, naquela negociação tão apaixonada como desequilibrada com quem tudo pode, a aceitar alguma desvantagem de Paolo. Concessões (não sei se a mim ou ao Todo-Poderoso) que em outros tempos teriam me parecido atrozes, mas que agora — já que suas condições se revelavam mais graves, ao menos com relação a nossas expectativas — me pareciam aceitáveis. Ouvia sua voz, após um longo silêncio, respondendo-me sim, conseguirás.

*

Saía daquele encontro revigorado. E também confortado por minha perspicácia na negociação. Não prometia coisas que não saberia cumprir. Não, não a deixaria, isso eu não prometia. Não podia perdê-la por decisão minha, nem estava pronto para uma amputação à qual não teria sabido me conformar. De resto, o Todo-Poderoso não me pedia isso. Sentia-me bastante seguro de sua tolerância, embora preferisse não submetê-lo — e submeter-me — à prova do sim. O que faria se respondesse que não?

Percebo que aquele modo de rezar pode parecer absurdo ou irresponsável. Posso apenas responder que era o meu. Calo, porém, o êxtase, o fervor e o arrebatamento com que rezava. Deixo-o — como diziam outrora os narradores quando queriam se subtrair ao risco de uma caída — à imaginação do leitor. Outros, sobretudo hoje, contam, mas não sei se o leitor ganha com isso. A emoção está sujeita às ciladas da comoção, que vela os olhos e dificulta a voz. Basta o leitor buscar em sua experiência e não terá dificuldades para compreender. O certo é que ninguém reza para o Todo-Poderoso de mãos no bolso.

Mas fazia concessões em relação aos encontros com ela. Eu a veria uma vez menos na semana, embora isso implicasse negociações com ela também, que ignorava minhas negociações com o Todo-Poderoso. E também prometia sacrifícios de não ceder à gula, não desprovidos de incidências positivas sobre a dieta, que por si só não teria sido motivo suficiente para impô-los. Talvez contasse para esse compromisso utilitário com a clemência e a indulgência de meu Interlocutor. Não com sua distração, considerando-se a onisciência.

*

Essa balança paranóica — do toma cá, dá lá —, não sei de onde eu a tirei. Pode ser de quando era criança, nas escolas religiosas, nas quais uma justiça definitivamente divina garante a remuneração das promessas. De qualquer modo, era um progresso em relação aos comandantes romanos que, antes de uma batalha, para não ver sinal desfavorável dos deuses, fechavam as cortinas das liteiras, esperando induzi-los a uma mudança de planos. Eu talvez, adestrado pelos séculos, não seguia uma observação formal da lei, mas uma linha mais branda.

Pedia uma cura milagrosa, recordando que nos Evangelhos a fé amiúde a obtivera. Mas como era minha fé? Intermitente e ondulante: alta nas ocasiões da necessidade, fraca e circunspecta nas demais. Quando nos perguntamos se os antigos *realmente* acreditavam, deveríamos nos perguntar como nós acreditamos.

Havia, no entanto, algo de invencível na necessidade de rezar, uma necessidade não menos inelutável do que aquela em que me debatia. E que a razão a considerasse irredutível a si própria, não me inquietava, porque sua evidência era maior. Vivia essa percepção somente quando rezava, como a luz ofuscante de um farol a poucos metros de distância. À medida que me afastava, a claridade diminuía na noite e se dissolvia na luz do dia. A frase que nos Evangelhos se dispensa a quem acredita na cura, "Ide, vossa fé vos salvou", eu a sentia quando estava perto do fogo. Mas já não me acompanhava enquanto voltava para casa, transformada num ginásio neurótico para progressos demasiado vagarosos. Somente agora, trinta anos depois, começo a entender: ou seja, a adquirir, ao menos retrospectivamente, mais paciência. Quando jovens, acreditamos que Deus é jovem como nós. Depois envelhecemos, e Deus também se torna mais lento. De resto, ele nos deixou tempo para amadurecermos. Dia desses marquei uma consulta, por causa de um distúrbio meu, com um jovem homeopata, ao qual perguntei imprudente: "Vou me curar?". Olhou-me perplexo e respondeu-me: "O senhor fala de cura? Se pensar na morte perceberá que o verbo curar já não pode ter o sentido que o senhor lhe atribui".

Assenti, espantado, por minha vez, que um jovem trinta anos mais novo que eu houvesse refletido tão proficuamente sobre o tema da cura. Em todo caso, mudei de médico.

Sua frase, aliás, ajudou-me a compreender que nem sequer da estupidez nos curamos completamente. E sobre a oração mudei de idéia, assim como sobre a cura. Talvez oração e cura convirjam, a oração é cura: não do mal, mas do desespero. Até mesmo no momento em que estamos sós, a oração rompe a solidão do moribundo.

Ainda hoje me coloca em contato com uma voz que responde. Não sei que voz é essa. Mas é mais duradoura e profunda do que a voz de quem a nega. Tantas vezes a neguei eu também, para tornar a descobri-la nos momentos mais difíceis. E não era um eco.

Sei que reza quem sobrevive e quem morre, quem vence e quem vai ao encontro da derrota. Mas desisti faz tempo da contabilidade celeste, do balanço do dar e haver, das expectativas fiscais do divino.

Contentar-me-ei (não há verbo mais melancólico e mais lúcido) com um último encontro com a voz. Quando tudo me faltar, ela não me faltará.

*

Um portador de deficiência crê por compensação. Isso, ao menos, é o que os outros acreditam. Tal interpretação, astuta e caridosa, tem lá certa coerência. Se nos dirigimos ao Todo-Poderoso quando temos necessidade (isso acontece também nas relações com os homens), quem, mais que o portador de deficiência, que vive na necessidade de assistência, necessita d'Ele? Isso confirmaria, entre outras coisas, que minhas relações com o Todo-Poderoso, afinal, não são tão anormais com relação à média.

"Que sorte!", dizem da fé de Paolo. "Não fosse assim, em suas condições...", acrescentam os mais sensíveis, sem terminar, por delicadeza, a frase. "Que auxílio formidável!", comentam os mais eufóricos. Os mais cínicos, que também se sentem os mais lúcidos, retomam Voltaire: "Se não existisse, seria preciso inventá-la". Não pensam em si próprios, pensam nele. É a utilidade marginal dos portadores de deficiência, como diria um economista da dor social. Têm uma procuração coletiva para sofrer pelos outros. E sua carga agiganta-se, porque ali se oculta a carga universal. A realidade, porém, é ligeiramente diferente. Acostumados a viver com a desvantagem — e a suportá-la —, os portadores de deficiência não têm dela a imagem insuportável de quem é sadio. E a fé não é uma fuga, mas uma conquista.

Os pobres terão o reino dos céus, não é uma troca desfavorável. Quem tem o reino da terra, ou seja, de uma parcela disso, não tem por que compadecer-se deles, mas o faz, toda vez. É o aspecto grotesco de uma relação, na qual quem se compadece é o primeiro de quem se deveria ter pena. Ai, porém, de quem for lhe contar. Quem ostenta piedade não desconfia que a inspira aos outros. É seu modo de exorcizá-la e de mantê-la afastada. Ao passo que é o caminho mais curto para merecê-la.

*

Sei que Paolo tem uma atração particular por cerimônias. Prefere as festivas, como batismos, crismas e casamentos, mas também as fúnebres o enchem de gratificada contrição. Tentei fazer com que ele notasse isso, procurando ser leve e irônico, mas ele não gostou.

É bom — contam-me vozes de bairro — também em consolar pela perda de parentes e amigos, um gênero clássico que parece ter caído em desuso. Ele, porém, utiliza os recursos de uma linguagem lenta e rouca para dizer palavras que parecem vir de longe e emocionam quem as ouve. Coisa que me agrada e me perturba. Não gostaria que superestimassem a força das palavras porque expressas pela fraqueza.

Resolvo ser sincero com ele (ou seja, *preciso dele*) e confesso-lhe que, com essas notícias, fico tão contente quanto desconcertado. Ele me olha, por sua vez, entre resignado e desapontado. Diz com sua voz dificultosa:

"Está espantado, não é?"

Certa vez disse-me, com uma gravidade sorridente, uma frase de tom evangélico:

"Não é só você o mestre."

*

Acontece-me recorrer a ele como intermediário. Vai ver que compartilho, sem o saber, da idéia de que a desvantagem tem um acesso especial ao Todo-Poderoso. E que o Todo-Poderoso, por sua vez, seja sensível às recomendações provenientes daí. Fico tão impressionado com o absurdo dessa perspectiva que procuro me defender pensando em quantos a compartilham. O único resultado disso é que agiganto a escala, e um absurdo coletivo joga sua sombra (ou sua luz?) também sobre mim.

Ele olha para mim e pressente de que percursos tortuosos meu pedido é fruto. Responde-me com uma frase, que talvez tenha ouvido na igreja ou no salão paroquial (ao julgar objetivamente os filhos, oscilamos entre a megalomania compensatória e o subestimar apreensivo). De qualquer modo, tem o mérito de torná-la sua na hora certa, que é um dos modos pelos quais a originalidade se manifesta:

"Olha que oração não é magia."

Normais e anormais

Paolo não tem — para usar um eufemismo extremado — uma boa lembrança de um médico do Centro. Continua a detestá-lo na memória, não somente porque sofria com suas ironias, mas também porque era incapaz de reagir. E uma ofensa se torna intolerável quando a ela acrescentamos a vergonha de nossa fraqueza.

Compreendia, por seus relatos, que ele ficava paralisado, como um inseto trespassado pelo aguilhão de uma aranha no centro da teia. A mim isso acontecera quando jovem, durante o serviço militar, com um suboficial, tão inculto quanto astuto, tão pusilânime quanto zombeteiro. Nunca conseguiria convencê-lo de meu valor. É uma luta desesperada a que travamos contra quem nos nega valor. Quanto mais nos enfurecemos, tanto mais o outro, ao perceber, vai nos negar. E talvez queiramos convencer justamente aquele indivíduo, pelo fato de ele encarnar o inimigo invencível, o que ocultamos dentro de nós.

Paolo não sabia responder aos sarcasmos dele quando era acusado, por exemplo, de preferir o salão paroquial ao Centro.

"Mas era verdade!", digo com calma, procurando induzi-lo à objetividade (na realidade gostamos, quando temos razão, de exasperar os outros, filhos ou pais incluídos).

"Não!", exclama ele, com ímpeto. "Só queria tirar sarro da minha cara!"

Olho para ele incrédulo. Ele exagera, com aquele gosto pela hipérbole que ele bem sabe o quanto me diverte:

"Era um safado! Você tem de fazer ele pagar por isso!"

"Está brincando ou está falando sério?", pergunto.

Não sei se está cultivando a maturidade da brincadeira ou a imaturidade de uma vingança adiada.

Ele me olha, por sua vez para entender se estou brincando ou se estou falando sério.

"As duas coisas", responde.

Essa é sempre sua escolha divinatória, infantil e sábia, sutil e simples. Compreendeu que a coexistência dos contrários é o acesso ao conhecimento e também à convivência.

"Enfim, ele tirava um pouco de sarro, que mal há nisso?"

"Não, era muito maldoso."

Fica sério, até que me vê sorrir.

"Era pequeno de cabeça também", acrescenta, insaciável.

Cada golpe acertado deve ser, para ele, uma conquista.

"Agora está exagerando", digo. "Era um bom médico."

"Não era!", responde, com violência eufórica. "Era um anão!"

"Mas o que isso tem a ver com a questão?", pergunto. "Agora vai se apegar aos defeitos físicos. Logo você fazendo essas discriminações?"

Olha-me desnorteado. Depois abre os braços, com aquele ar de desaprovação que usa em determinados momentos:

"Ora!", exclama. "É normal!"

Viagem a Creta

Por que querem desembarcá-lo do avião com um elevador móvel, que na pista incandescente, ofuscante, avança como uma torre romana até arpoar com ganchos a porta dianteira? Em vão procurei explicar ao piloto grego que Paolo, assim como no embarque subira pela escadinha, podia do mesmo modo descer conosco.

"Na Itália, talvez!", respondera, quase aludindo a um país exótico (talvez não estivesse errado). "Mas na Grécia não!"

Assim Paolo, com prioridade absoluta sobre os outros passageiros, desce lentamente de elevador sobre a pista de Hirãklion, na ilha de Creta, como uma dádiva do céu que uma máquina teatral põe em cena. Imagino, mais do que seu constrangimento (que é nosso), seu orgulho. Se exageram sua deficiência, para ele é melhor do que se o subestimam. Ao sair da cabina, apoiando-se numa aeromoça muito compenetrada em seu papel, sorri contra o sol, protegendo os olhos com a mão, e nos cumprimenta sem nos ver.

*

O hotel, monumental e babilônico (e quem já esteve em Babel?), ergue-se no alto de um declive que vai descendo em degraus — com terraços, restaurantes, piscinas e pistas de dança — até o mar. Na praia distante, espalham-se turísticos bunkers de um confortável absurdo.

"O nosso é o último, de frente para o mar", aponta-o, com orgulho, do alto.

"Você está louco!", exclama Franca. "Por que deixei você escolher?"

"Qual é o problema?", pergunto.

"Ele!", e aponta Paolo surpreso, mas de todo modo solidário com a mãe. "Como é que ele vai andar essa distância toda?"

"Tem uma esteira rolante!", respondo.

Li isso no guia, e a expressão produz efeito (nem dá para comparar com uma escada rolante).

Franca debruça-se na balaustrada da entrada, procurando com o olhar, até entrever, do lado direito do declive cercado, um grupo de turistas em fila indiana, subindo imóveis ao longo dos ciprestes, como renteassem a grama no crepúsculo dourado, os rostos abençoados de divindade, enquanto vão ascendendo ao restaurante, na luz ilimitada do Egeu.

*

À noite, no terraço branco e redondo do restaurante, pendurado na escuridão a uma coroa de lâmpadas altíssimas, do alto-falante, sai a voz que dirige, primeiro em inglês, depois em italiano, brevíssimas boas-vindas a Paolo. Aplausos discretos às mesas, alguns comensais voltam-se ao redor, outros olham em nossa direção.

Franca enrubesce, eu apóio o copo, Paolo tem um sobressalto de felicidade.

"Gentis, não acha?", recupera-se Franca.

"É", aquiesço. "Desde que o façam com todos."

"Todos quem?"

"Os hóspedes. Não sei se fazem isso com os outros garotos também."

"E que importância tem isso?", exclama Franca.

Competimos em nos atribuir, alternadamente, as frustrações que compartilhamos.

"É uma coisa simpática", acrescenta. "Nada mais."

Paolo custa a engolir seu bocado, receando discussões que conhece de cor, como não deixa de nos assinalar. Mas eu digo: "Estamos de acordo", e aperto sua mão por cima da toalha.

*

"Você é desconfiado demais", diz Franca no fim do jantar, quando passamos para um sofá de balanço, enquanto um garçom acompanha Paolo para ver o mar noturno, inchado, cintilante, imenso, do parapeito do terraço.

"Pode ser", admito. "Veremos no final."

A tentação — irresistivelmente vulgar, mas nem por isso não realista — sempre é a de pensar que cada gentileza entre para os custos da estadia, aqui superior à nossa renda, mas não à nossa necessidade. Mas não, mudarei de idéia. Paolo inicialmente repele, depois atrai. Aprendeu — por talento natural e por experiência — que dos outros é necessário que nos façamos perdoar não apenas nossos bens, mas nossos males também. Por isso olha com confiança os outros, sabendo que é o primeiro modo de suscitá-la. Ele sempre sente o que eu sinto somente nos estados de graça: simpatia pelo mundo. E o mundo a retribui. Ao cabo de nossa semana, tinha se tornado o queridinho daquela comunidade heterogênea, unida pela contigüidade mais provisória, a proximidade, e pela motivação mais patética, a obrigação de se divertir. Havia se tornado um companheiro solicitado, como se também a deficiência fosse um veraneio, no veraneio geral.

Em outros veraneios, ao contrário, a deficiência desperta hostilidade, para não dizer aversão. Depende de uma série de fatores — todos compreensíveis embora não louváveis — como o quão desagradável é a desvantagem, o custo da estadia, a pressão atmosférica, os humores sazonais, as tradições locais, os grupos de opinião, a educação de cada um, a fé e a ideologia, a cultura (não contaria muito com ela). A civilidade pode muito, mas não basta. O homem que acolhe pode ser — em outro tempo e em outro lugar — o homem que rejeita. Quem vive a deficiência conhece isso. E também quem não a vive.

*

A gruta onde Zeus nasceu, no monte Ida, é uma voragem que devorou a terra na diagonal. A abertura que se vislumbra desde baixo, quando nela penetramos, torna-se um buraco luminoso e celeste, obstruído pelas sarças e sobrevoado por falcões. O fundo é uma série de furnas escuras, pantanosas, marcadas pela passagem dos visitantes e pelos restos das oferendas.

Paolo apoiou-se com as mãos contra um rochedo musgoso e não se mexe. Andando comigo aprendeu, mais do que a ser paciente, a se conformar.

"Não se mexa!", digo. "Agora vou ajudá-lo."

Solto delicadamente seus dedos agarrados ao penedo e ajudo-o a atravessar um regato preto. Sinto um arrepio só de pensar na temeridade de ter descido com ele, escorregando pela escarpa, para depois tornar a subir (não sei como) rumo à liberação.

Franca recusou-se a nos seguir.

Paolo pergunta-me:

"Onde ficava a cabra Amaltéia?"

"Aqui", respondo, apontando um nicho gotejante na rocha.

Contei-lhe que os cretenses eram todos mentirosos, e minto imediatamente, eu também, em homenagem à ilha.

Contei-lhe ainda que, além da gruta onde o deus nascera, também mostravam o lugar onde ele morrera.

"E a sepultura?", pergunta-me.

"Não, essa nunca foi encontrada."

Desta vez não estou mentindo.

*

Na volta, repentinamente, no planalto pontilhado de moinhos, um edifício abandonado, esquadrias enferrujadas, já arruinado. Impressiona-me, no vento silencioso do fim de tarde, a placa de néon acima do teto: Hotel Zeus.

"Qual é o caminho para Lato?", pergunto no hotel.

"Aconselho o senhor a não ir de carro", responde-me em italiano o porteiro.

"E como se chega até lá?"

"Com um motorista de táxi local. Senão o senhor vai estragar o carro."

"Acho melhor desistir", intervém Franca.

O porteiro olha para ela com a centelha do entendimento nos olhos.

"E por quê?", pergunto.

"A senhora tem razão", responde o porteiro, ainda olhando para ela. "Só tem ruínas. A própria estrada é uma ruína."

Estamos no caminho de Lato, com um táxi que nos leva, aos solavancos, como no leito de uma torrente. Clareiras areentas, penedos, trechos de calhau, estradas de terra poeirentas. Paolo exulta, Franca, ao contrário, pergunta:

"Mas o que há de especial em Lato?"

"Duas acrópoles na montanha."

Ei-las, entre o azul e o verde, no alto; todavia o carro pára num larguinho encaixado no meio do vale, sob muralhas de pedras.

"Espero vocês aqui", diz o motorista esboçando um sorriso de comiseração e desafio, e apontando uma trilha alcantilada, que sobe pela enorme e árida encosta.

Ajudo Paolo a avançar entre pedras e sarças, prosseguimos os dois curvados e tortos sob o sol escaldante.

"Vamos tentar o atalho", aponto os degraus cavados na muralha.

Ai dos atalhos (e não somente na montanha), particularmente se quisermos evitar esforço. Aqui o esforço se redobra, a escada transforma-se numa cascata de rochedos, empurro Paolo com a mão direita, mas não pode continuar. Não pode nem sequer descer, ficou pregado na muralha, de pernas e braços abertos contra a parede. Deixo-me escorregar, num rolar de pedras, até a trilha, onde Franca se limita a juntar as mãos num gesto que não sei se é de desaprovação ou de oração. Torno a subir em direção a Paolo. O que estou fazendo, quem sou eu neste calor ofuscante, às quatro horas da tarde, enquanto respiro ofegante contra as fissuras dessa fortificação arcaica? Nunca temos sensações de tanto absurdo quanto nos momentos de perigo. Talvez por nos chamarem de volta ao nosso destino.

Consigo, esfolando os braços, entre regatos de suor no rosto, agarrar Paolo pelos pés. Grito para ele:

"Deixe-se cair!"

Mas ele não confia.

Quando consigo baixá-lo, passando-o para Franca que alonga os braços, penso, sei lá por quê, na deposição da cruz. Ele está cansado, mas sorri. Enquanto descansa no chão, mole, murmura:

"Vou contar isso para o Alfredo."

Franca, deitada, de braços abertos, comenta:
"Daqui a três dias, vai revê-lo, em casa."

*

Creta resplandecente, ao pôr-do-sol, as folhas das árvores, os vinhedos nos declives, o carro avançando entre as muretas, a estrada minóica, que atravessa as montanhas da ilha, deixada no alto. Aqui o mar a pouca distância, o sol no horizonte, uma paz repentina, o silêncio, as ruínas no campo.

"Vamos parar", digo a Franca, que está dirigindo.

Mas já passou.

*

Parada numa estalagem que dá para o mar, o sol entre os juncos da pérgula, uma salada à grega, gigantesca, colorida, refrescante. Franca pediu queijo picante; Paolo, peixe na brasa.

Eu digo:

"Comida homérica."

A frase causa menos efeito do que há dois dias, quando a tinha dito no Hotel dos Cureti, diante da Ida e de um prato de carneiro assado. Nunca se repetir, deixam de perceber a originalidade, percebem que você se repete.

Olho as ondas que se lançam na prainha abaixo, entre os escolhos. Alguns garotos, tostados pelo sol, desaparecem nas cristas, agitando os braços.

"E se entrássemos na água?", dirijo-me a Paolo com um sorriso, evitando agilmente Franca. Ouço-a dizer:

"Agora já chega."

Olho para ela também. Já não sabe o que pensar.

Eu sei o que pensar. É generosa e indômita. Segurando duas cargas assim, não sei qual é mais pesada, Paolo ou eu. Encosto um instante minha mão no seu ombro. Ela imagina o que estou pensando. Sorrio, os olhos brilhantes. Levanto o copo de vinho branco resinado:

"À Franca", digo.

Paolo, espantado por eu não ter dito à mamãe, levanta o dele.

*

Na água, entramos à noite, sob as estrelas, diante de nosso bunker, na água salgada e quente. Paolo aprendeu, depois de anos, a nadar de peito, inspira profundamente e mergulha a cabeça nas ondas. Os ombros emergem à superfície reluzente, você parece um golfinho, digo-lhe, e ele se empenha até esgotar as forças, como eu fazia quando criança se alguém ficasse me olhando. Vira-se sobre o dorso, ofegando, o rosto para o alto.

"Voltem!", Franca grita da beira.

*

Diante do Museu de Hirãklion, encostadas no muro, nas cores luminosas e fortes da tarde, uma fileira de carroças.

Paolo aponta-as para mim:

"Não gostaria de chamar uma para mim?"

Olho para ele desapontado:

"Mas você não precisa!", digo. "Quer uma por quê?"

"Porque me canso menos", responde.

Colocar-se em seu lugar

Bertoia, que veio me visitar, é um aposentado doente. Ainda não entendi qual é sua doença, é reticente e cheio de histórias, arqueia sobrancelhas ameaçadoras sobre olhos ligeiramente estrábicos. Submete-se a terapias contraditórias, que deformaram seu corpo. É seco e frágil, vejo nele o Dom Quixote não de Cervantes, mas de Doré, uma gravura que anda em meu escritório, um emaranhado de linhas à espera da decomposição.

"Já tentou se colocar no lugar de seu filho?", diz-me a certa altura.

É uma pergunta ou uma acusação?

"Tento imaginar suas reações", respondo.

"Não!", grita, colocando o dedo em riste.

É uma acusação.

"Precisa fazer mais do que isso!", prossegue, fitando o vazio, as olheiras avermelhadas. "Tem de entrar na cabeça dele!"

"Mas não posso!", exclamo.

"Como não pode?", reage sombrio, curvando-se como se tivesse de se defender de um agressor. No entanto, é ele quem agride: "Eu fiz isso!".

Apóio-me abatido no espaldar da poltrona. Mas por que vem me visitar na segunda metade de julho, às cinco horas da tarde, naquele momento tão almejado, em que tinha começado a ler um livro de Júlio Verne, coisa planejada havia meses para as férias na cidade, *Cinco semanas em um balão*, depois dos exames finais dos alunos? Quem o autorizou? Sempre sentiu-se meu protetor, é o ex-contador de meu Instituto, um religioso da contabilidade, um cultor de horários, um maníaco num estágio quase místico.

"Pensei muitas vezes no seu filho", retoma, "e entrei na cabeça dele."

O olhar é alucinado, não sei se a doença ou os remédios o tornam febril.

"Faça-o o senhor também", acrescenta. "O senhor verá como vai entendê-lo."

Entendo que a proposta é monstruosa, mas tento. Quem mais resta para ouvir, senão os loucos?

Tento pensar "Eu sou Paolo", mas tenho uma sensação de terror e de vertigem, eu não tenho nem seu passado nem seu futuro, não posso imaginar o que ele imagina, nem compartilhar nada do que ele vive. Nunca podemos, como se diz numa expressão temerária e horrorosa, entrar na cabeça do outro.

"É impossível se colocar no seu lugar", digo.

Ele estica os braços ossudos sobre a poltrona, erguendo com orgulho o rosto cavado:

"E um ator então?"

"Faz por brincadeira", respondo. "Não é nem ele próprio nem o outro."

Continua olhando empertigado diante de si:

"Posso lhe dizer o que eu penso?"

"Naturalmente."

Quando perguntam é porque pensam mal.

"O senhor está fechado em seu egoísmo", diz rouco.

"Pode ser", respondo, não evasivo, mas preciso.

Tem aquele ar terrível dos velhos que, quando vaticinam, só predizem desventuras. Mesmo Cassandra talvez não tivesse escolha, simplesmente predizia o futuro.

"Saia de si mesmo", diz, "e entre na cabeça de Paolo."

"Não, vou ficar na minha", respondo. "Ele também prefere assim, acredite."

Aperta os braços da poltrona, como um monarca no teatro.

"Nunca então", ergue o dedo descarnado, "o senhor saberá quem é seu filho!"

"Com efeito, não sei", reflito.

Bronca

Perdeu no trem, durante uma excursão com seus colegas, uma máquina fotográfica cara, na primeira vez em que tivera permissão para levá-la. Ele consegue fazer fotografias bastante curiosas, congelando não tanto o instante fugidio mas o ponto precário de equilíbrio entre o olho que se entreabre com dificuldade e o corpo periclitante. Assim suas fotos, não raro enviesadas, com feixes de luz diagonal, comunicam um sentido móvel e aventuroso da existência: o contrário daquele universo em pose que perseguia o fotógrafo oficial da classe nas escolas de minha juventude.

Repreendo-o rápida mas incisivamente. Acho que a rapidez, nas broncas, é um aspecto apreciado. A impopularidade dos sermões, em qualquer campo, deve-se, mais do que à presença de acusações, à sua prolixidade. Era uma convicção supersticiosa dos pais, no paleolítico recente, que ladainhas de palavras produzissem obras. "Nunca devemos dizer mentiras! Entendeu? Em nenhuma circunstância!", repetiam pais desvairados com a mentira que estavam dizendo. Para gritar, logo em seguida, se o telefone tocava: "Não estou para ninguém! Entenderam?".

Depois sucedeu-se a época em que a psicanálise transformava os filhos em brinquedos, cujos movimentos podiam ser graciosamente programados. "Ele quebrou a lambreta e está esperando um castigo", confessara-me um jovem colega, a quem a paternidade parecia uma maravilhosa oportunidade de aplicar estratégias pedagógicas. "E eu, sem castigá-lo", acrescentava, "vou lhe dar em seguida outra lambreta. Vou surpreendê-lo, entende? Vou desorientá-lo, assim o educo."

O filho, de fato, ficara desorientado. Quanto à sua educação, não acompanhei as etapas. Sei que, entre os da sua idade, foi o mais precoce em se drogar, mas não quero estabelecer uma relação de causa e efeito. É certo que um balanço, após o incidente, não podia ser para ele muito confortador: um pai fraco não o julgava sequer à altura de uma bronca.

*

Paolo me ouve. Tratei-o seriamente. Ele é faminto de seriedade: quase nunca se diverte, quando eu me divirto com ele. Eu sei, mas continuo me divertindo, recorrendo, quando a brincadeira não tem êxito, ao álibi idiota: "Mas foi uma brincadeira!".

Desta vez digo-lhe: "Você errou, e vai ficar sem máquina fotográfica por alguns meses". Ele comenta: "Obrigado por ter falado comigo de homem para homem".

Contei a história ao meu colega. Respondeu: "Os filhos portadores de deficiência são mais maduros".

O eletroencefalograma

Eis mais uma palavra que me arremessava no pânico. Associava-a, equivocadamente, a alterações do cérebro, a desvantagens da mente, perda do pensamento. Um traçado revelaria o que não funcionava em sua cabeça. Espantava-me a indiferença diante de uma palavra que para mim significava uma fissura em sua liberdade (quando falamos de liberdade nos tornamos, todos, estudiosos de direito às voltas com definições intangíveis).

Se considerar como aquele terror se transformou ao longo dos anos, poderia resumi-lo numa síntese: o hábito das fissuras. Lembro-me de uma imprecação nos livros de aventura de Salgari, "Velha carcaça!", dirigida, indiferentemente, a si próprio ou ao barco que estava afundando. E parece-me um antídoto corsário àquele culto do corpo, entre dietas saudáveis e regimes hormonais, que gostaria de transformar a metamorfose do organismo na imutabilidade de uma borboleta.

*

Que, quando jovens, a perspectiva da deficiência desconcerta, é um tributo ao crescimento. A eternidade dura até os quarenta anos, e as ambições se deixam sobriamente reduzir a uma palavra: tudo. Avançando nos anos, há quem regrida para perseguir uma juventude retrospectiva: os mais eufóricos tentam, os mais estúpidos conseguem. Mas a deficiência se torna, enquanto isso, um ente querido, uma experiência familiar, encarna-se em modo visível nos outros, antes de se instalar em nós mesmos. Os pequenos esquecimentos que nos perdoamos tornam-se as crateras extintas da memória que não perdoamos aos velhos, ou seja, a nosso futuro. O desafio, cuja única finalidade é o desafio em si (isto é, o imperativo da moda), à superação dos limites, brota do medo de aceitá-los. E nunca como em nossa época a superação dos limites é a fuga de seu reconhecimento.

*

Quando penso nos problemas que eu me colocava sobre a inteligência de Paolo, penso nos que eu deveria ter me colocado sobre a minha. E se olhar a meu redor, não encontro muitos exemplos confortantes. As poucas frases geniais as isolamos, e elas marcam ritmicamente as etapas de nossa vida, tornam-se memoráveis. As idiotas são esmagadas por uma concorrência arrasadora, que não melhora a qualidade. Pode ser que os eletroencefalogramas sejam normais, mas isso passa a ocupar um segundo plano em relação a lados mais inquietantes. A deficiência, mental ou física, é mais capilar do que parece: e o limite é mais próximo à nossa condição do que sua superação.

*

O eletroencefalograma parou de me amedrontar, junto com os testes de inteligência (por que não os testes de estupidez como epidemia planetária?). Acho que devíamos medi-la menos, os riscos são excessivos para todos nós. Proporia mais delicadeza com a deficiência, mais consideração. Ela nos retribuirá.

Lixo

Falou na assembléia dos estudantes. Fiquei sabendo por uma colega, amiga de um professor daquele Instituto.

"E como foi?", pergunto, aparentemente tranqüilo.

"Bom!", responde-me ela, igualmente tranqüila. "Disse seus motivos."

"Não sabe o que disse?", pergunto-lhe.

"Não sei exatamente", respondeu. "Mas o cerne de seu discurso era o seguinte. Ou fazemos com que nos tratem como pessoas maduras ou como crianças."

Reconheço a estrutura binária de suas argumentações.

Então lhe digo:

"Sei que você falou na assembléia."

"É", responde.

"E como foi?"

"Tudo bem."

É uma fórmula dele, tão lacônica como exaustiva.

"Problemas com a voz?"

"Tinha microfone."

"Mas", digo-lhe fitando-o nos olhos para vencer a hesitação, "com tantos problemas que você tem para falar, não teve medo?"

Olha-me satisfeito por eu ter lhe perguntado.

"Sabe", responde-me vagarosamente, o ar cúmplice e experiente. Nesses momentos é irresistível. "Pensei: há duas possibilidades. Ou me tratam como lixo ou me deixam falar."

"E eles?"

"Deixaram-me falar."

A representação

Representação anual dos portadores de deficiência no salão paroquial de Paolo.

"Você acha que posso deixar de ir?", pergunto a Franca com uma desesperada desenvoltura.

"Claro!", responde ela, indiferente.

"Como?", olho-a grato.

"É o terceiro ano que ele se apresenta, e você nunca foi ver." Ostenta uma seriedade neutra. "Pode continuar assim."

"Como ele ficou?", pergunto.

"Muito mal."

"Ele lhe disse?", insisto.

"Não, sabe que ele é orgulhoso. Só perguntou se esse ano você vai assistir."

"E você?"

Por que estou perguntando? Nunca perguntar.

"Não sei, disse. Sabe como o papai é."

"E como é?", pergunto-lhe.

"Horrível", responde ela, como se respondesse a Paolo.

Estou me rendendo.

"E como se chama a peça?"

"*Ulisses*."

"De Joyce?"

"Não, de Homero."

*

Rendi-me.

Eis que estou nesta sala sóbria, semeada de cadeiras metálicas que cercam um palco de madeira. Atrás de uma enorme cortina preta, cujas argolas deslizam sobre uma vara horizontal, irradia-se uma claridade intensa. Holofotes móveis projetam no teto de cimento luzes coloridas se cruzando.

"Parece um abrigo antiaéreo", digo a Franca que, porém, pela idade e por tendência, não compartilha nem da lembrança nem da comparação. Olha a seu redor, a sala apinhada de rostos excitados, há uma atmosfera festiva, uma massa quente, acolhedora, que aplaude de vez em quando para solicitar a apresentação, mas o faz com uma distração bondosa e cúmplice. O espetáculo com efeito já começou, o estamos vivendo na platéia, neste encontro de parentes desesperados, sorridentes, resignados, alegres, sérios. Um garoto Down estica a cabeça de uma das extremidades da cortina, olha para a sala, ri, retrai-se. Segue-o uma moça, ela também foge, ouve-se um tropel acompanhado de gritos pelas tábuas do palco. Passam-me pela cabeça as representações de minha infância, quando o palco não era aquele onde pronunciávamos falas memoráveis, mas a platéia pontilhada de pupilas e luzes. Para nós o teatro era o público, em direção ao qual revirávamos os olhos, em gestos para nós extremamente cômicos. Nunca senti o teatro como então, quando a linha divisória entre atores e público parecia aberta nos dois sentidos. E no entanto permanecia intransponível, uma magia que nos subjugava e enfeitiçava.

Procuro conter a emoção, Franca pergunta:
“Está gostando?”
“Estou, muito”, respondo.

*

Abro um breve parêntese, que tem por objeto o mal.

Ao mal estamos acostumados. O mal confirma nossa superioridade ou conforta nossa fraqueza. Ele nos é tão familiar que o bem nos desconcerta, e procuramos reduzi-lo ao mal, trocando seu sinal e assimilando-o aos modelos negativos que conhecemos.

Observei isso nas reações mais comuns, inclusive a minha, diante do voluntariado. A tendência é interpretar o altruísmo como dublê do egoísmo, a generosidade como gratificação de quem a exerce, a solidariedade como auxílio providencial a si próprio, o sacrifício do ego como chantagem de um superego tirânico. Não se aprende sequer da etologia, saqueada para explicar a agressividade, mas nunca o seu contrário. Os animais que se sacrificam pela prole ou pelos outros também são vítimas de um superego? Não, do instinto, responde a etologia. Mas ao homem se nega esse instinto positivo, para dotá-lo, porém, de todos os outros.

O mal — contrariamente ao que se pensa — é reconfortante, o veneramos nos monstros, justifica as vinganças, mobiliza as defesas, fortalece a dureza do coração. O bem é um exemplo inimitável (vamos querer compará-lo com o mal?), ultrapassa fossos e muralhas que preparamos para o inimigo, elude os infinitos sofismas da inteligência, desnorteia a astúcia por ignorá-la, é desarmado e simples. O mal nos deixa curiosos e nos excita, estimula a investigação, oculta-se no último aposento, o do segredo infame. O bem abre as portas, não esconde nada, afasta-se apenas para não se deixar notar. O mal promete mistérios, o bem é um mistério luminoso, uma presença inaceitável.

Estou falando com conhecimento de causa, mas estou em boa — ou ao menos numerosa — companhia. Para muitos homens nada é mais edificante do que a destruição, e nada mais repugnante do que a edificação. O fato de as ideologias, em nosso século, terem gerado extermínios deriva não de terem apontado um paraíso remoto, mas sim de, antes disso, precisarem realizar um inferno imediato. Decerto é mais reconfortante — e sobretudo ético — subverter as hierarquias. É um álibi sobre o qual se pode dizer tudo, menos que não tenhamos aproveitado dele.

Estou exagerando? Mas apenas os exageros nos restituem, na caricatura, a imagem na qual reconhecemos a original.

*

Sempre imaginei o voluntariado — sem conhecê-lo, naturalmente: apenas o não-conhecimento favorece as certezas — como um ponto de intersecção entre a vocação malograda e a consolação de si. Até eu conhecer os amigos e as amigas de Paolo. Esses jovens que o levam para pizzarias, cinemas, lojas de discos usados, onde ele compra, a preço de colecionador, canções e cantos populares de outros tempos (quem vai salvar as tradições a não ser os jovens, os melhores, obviamente?), são gentis, comedidos, discretos. Em troca não esperam nada. Não esperam presentes ou agradecimentos. E dão não somente ajuda, mas aquilo de que os homens mais necessitam quando nunca a sentem, a simpatia.

*

Paolo passa as férias conosco, mas não as considera férias. Ainda não entendi como as considera e não tenho intenção de aprofundar o assunto. Imagino que tenha razões sólidas. Quando ainda lhe dizemos, após quinze anos de imposições, "Ande reto!", o que estamos lhe comunicando? Uma ordem, um chamado, uma exortação, um álibi para continuarmos, nós, a esperar, um desapontamento, uma repreensão, um castigo? Não raro notei em seu olhar algo diferente da impaciência, um tédio atroz dissimulado pela paciência. Se finalmente nas férias se diverte com seu grupo de voluntários, no qual o aceitam com alegria, sem querer mudá-lo, temos de nos perguntar por quê? O imperativo oculto do educador, segundo Droysen, reduz-se a poucas, silenciosas, conciliadoras palavras: "Você tem de ser como eu quero que você seja, porque só assim eu posso ter uma relação com você". Há que se espantar que Paolo fique feliz quando deixa de ser educado?

*

O auxílio aos indigentes, aos doentes, aos presidiários foi o comportamento que, na origem, perturbou milhões de pagãos. Hoje, quando é exercido também pelos leigos (mas o que há de laico na religião do homem?), tende-se, mais do que a transformá-lo num modelo, a tirar proveito.

No mal, fingindo não reconhecê-lo, nos espelhamos, no bem um pouco menos. Para um narrador o mal é a salvação, o bem, a perdição. O elogio do bem perturbou até mesmo o sono dos clássicos e foi o pesadelo de sua vigília. Manzoni, para fazer com que lho perdoassem, recorreu à ironia, Cervantes, à loucura, Dickens, à estupidez, Dostoievski, à idiotice, Melville, à inocência. Apenas Hugo não hesita em edificar uma catedral ao bem, mas a ele, ai de mim, perdoa-se tudo.

Falar bem do bem é imperdoável. Com efeito não me perdôo. Mas tinha que pagar pessoalmente o impagável auxílio de parentes, amigos e desconhecidos.

*

Abre-se em meio ao burburinho o pano de boca: a cortina desliza pela vara de metal até que o garoto que a puxa tomba contra o poste que a sustenta. Uma risada, quase uma ovação, ergue-se da platéia dos portadores de deficiência e de seus parentes. Não sei se a direção — o responsável constava do programa com nome e sobrenome — previra aquilo. Decerto não poderia ter melhor começo. O resto é pior.

*

Dizer que aconteceu de tudo é só uma parte. Ulisses, gigantesco, as pernas retesadas sob o saiote branco, parecia um escocês de sandálias que descera até a Ásia Menor. Calipso chorava no cocoruto de uma ilha, entre ondas de madeira que escorriam, como num desenho animado. Telêmaco era o único não portador de deficiência a estar em cena, mas não dava para notar a diferença. Estudante de farmácia, informara-me Franca, dirigia a Atena frases que, por tão clara a dicção, não dava para entender se eram perguntas ou respostas. De Paolo exploraram a voz cavernosa, para transformá-lo num lacônico Polifemo. Confesso que seu diálogo com Ulisses-Ninguém havia adquirido estranhas sugestões, entre levantinas e metafísicas, mas talvez eu tenha sido traído pela emoção.

Pontos altos da direção eram Nausícaa, toda vestida de branco à beira da praia (a filha Down de um advogado sentado, os olhos enfeitiçados, na primeira fileira) e o banquete dos príncipes pretendentes, com suas companheiras que, sem a menor compostura, tomavam canecas de laranjada e abocanhavam sanduíches. Sempre me irritei ao ver atores comendo: seja por não participar de sua ocupação, seja por comerem — como se diz com uma metáfora precisa — com a ponta do garfo, triturando com a boca hermeticamente fechada porções microscópicas. E nunca terminam, educados, sensíveis, empertigados. Pois bem, esse era um detalhe completamente ignorado pelo elenco. Ao contrário, ficava sem aplacar a inveja por uma voracidade famélica, que os atores não tinham reservas em mostrar, rindo com o público enquanto deglutiam fatias de bolo ou devoravam pedaços de chocolate. Só Penélope, recoberta com um hábito marrom (talvez símbolo da fidelidade conjugal), conservava ao longo de todo o espetáculo um austero estranhamento, digna de Ionesco.

*

A ovação merecida, entusiasmada, reconhecida, no final premia a todos, atores e público. A unanimidade, sonho infantil de olhos abertos, eterna utopia dos que não crescem, torna-se aqui um éden melancólico.

Esperamos que Paolo saia da cortina. Finalmente aparece, triunfante, no alto da escadinha, suado e enlevado, desce os primeiros degraus, recusando com um gesto peremptório mãos auxiliadoras, e escorrega nos últimos dois, precipitando-se para a frente. Por sorte estávamos esperando por ele no fim da escadinha, assim como os pais gostam e os filhos não. E ele salvou-se entre os últimos aplausos do público, impressionado desta vez pela realidade.

Convivência

Meu sogro tem oitenta e oito anos. Cultor, durante a vida toda, do corpo, está se tornando portador de deficiência na mente. "Não, não é Alzheimer", disse-nos o geriatra ilustre, a quem nos dirigimos para uma consulta de controle, devidamente disfarçada como consulta genérica. Acrescentou: "E também não se trata de demência senil". "E o que é?", perguntou Franca. O geriatra olhou-a com um sorriso sorrateiro: "É velhice, minha senhora", disse.

É característica dos melhores geriatras — quando envelhecem, justamente — substituir o jargão armado da juventude por uma linguagem indefesa. O passo seguinte é afirmar a própria inutilidade. No entanto, Franca não aceitava:

"Está bem, mas por que piorou de repente?"

"Porque está na fase descendente da parábola", respondeu o geriatra, traçando com o dedo um arco sobre a escrivaninha, apontando para a minúscula distância que separava o tal arco de um exemplar da *National Geographic*.

"Mas por que justamente o cérebro?", insistiu Franca. "A

mãe dele", apontou-me com certa impaciência, "que era mais velha que meu pai, morreu lucidíssima."

"Senhora, está tudo escrito nos genes", respondeu solene o clínico, entre o astrólogo e o burocrata. "O cérebro de seu pai envelhece mais rápido do que outras partes do corpo. Não há nada de estranho nisso."

Franca ouvia-o atemorizada, quase amedrontada:

"O senhor pediu radiografias e tomografia", tentou recuperar-se. "E o que viu? O que está acontecendo no cérebro dele?"

"Acalme-se, senhora", respondeu o geriatra. "Esses processos não são nada raros, e eu diria que o caso dele não está entre os precoces."

"Mas o que o senhor viu?", repetiu Franca.

"Uma atrofia do córtex cerebral, com aprofundamento dos sulcos e dilatação dos ventrículos", respondeu o clínico, cedendo finalmente a uma frieza profissional.

Apertou a mão direita num punho:

"Sabe uma esponja? Há zonas que se tornam esponjosas. Ligações interrompidas, partes perdidas."

"Mas é terrível!", murmurou Franca.

"Não, senhora, não deve dizer isso", respondeu-lhe o geriatra. "Há males piores que acometem o cérebro, com conseqüências avassaladoras."

Franca fitava-o ainda mais prostrada.

"Esses sintomas, não adianta se iludir, não regridem", continuou o geriatra. "Podemos, no entanto, desacelerar o processo involutivo. Decerto requerem vigilância, mas não propriamente uma assistência. Seu pai pode levar uma vida quase normal."

"Até quando?", exclamou Franca enrubescendo. "Se hoje já não é o que ele era!"

"Infelizmente é uma contingência a ser levada em conta", dissera o geriatra com voz grave. "Freqüentemente os pais, ao envelhecer, tornam-se o que nós éramos para eles quando crianças. Seres indefesos, a serem cuidados. A senhora está se tornando mãe de seu pai. Tem de estar à altura."

Erguera o olhar para avaliar o efeito de suas palavras e imediatamente tornara a baixá-lo. Franca, que sempre vira em seu pai um ponto de referência (como se diz na logística das mitologias pessoais), não se conformava com a idéia de tornar-se ela um ponto de referência para ele.

"Permita-me antes lhe dar alguns conselhos, junto com uns comprimidinhos que vou prescrever." O geriatra apontara para um bloco de receituário, dentro de um cubo de cristal oco. "Procure contradizê-lo o menos possível, faça esse esforço."

"Está bem, farei", concordara Franca.

"E tampouco lhe diga quando estiver se contradizendo, porque isso aumenta seu pânico. Ajude-o, dê-lhe razão, é o menor dos males."

"Mas como, se ele fica irritado por eu não ir visitá-lo, quando não faz nem duas horas que voltei de lá?"

"Não ligue, perca a memória, a senhora também", respondera o geriatra. "Vai ver como será bom para ele. O esquecimento é uma reserva formidável."

Dirigira-se a mim também.

"Sem esquecimento não sobreviveríamos", continuara. "Dê-lhe espaço, acredite."

"Mas e os nomes?", perguntara Franca. "Quando emperra nos nomes?"

"Pois é, os nomes!" O geriatra abrira os braços, como se usasse de indulgência com um velho amigo. "Deixe-o procurar os nomes. Nunca acontece com a senhora?"

"O quê?"

"Esquecer os nomes próprios."

"Acontece, claro."

"E no entanto é jovem. Chamamos isso de lapsos de memória benignos, começam depois dos quarenta. Nele, ao contrário, o fenômeno muda de aspecto, até invadir a área dos nomes comuns."

Acrescentara:

"É típico." Esse adjetivo causava-lhe um prazer especial. "Chamamos isso de anomia."

"Sim, mas para ele é um drama", dissera Franca.

*

O drama manifestara-se inicialmente — é uma evolução nada rara — como comédia. Todos esquecemos os nomes, mas o primeiro sinal que quem envelhece dá não é o fato de esquecê-los, mas o de procurar lembrá-los. Outro sinal é que, nessa busca incessante, também envolve quem estiver por perto, para se endividar de um lado, e criar confrontos dissimulados de outro. "Como se chama?", é a pergunta estatisticamente mais freqüente que ele faz a seus interlocutores. Também é a menos interessante, porque diz respeito a uma necessidade exclusiva dele. Mas ele se sente inexoravelmente atraído por ela, e no final consegue parecer o que mais teme, um desmemoriado.

*

Abro um pequeno parêntese didático. Quem quer que tenha uma mínima prática de ensino sabe que o estudante, durante os exames finais, coloca-se perguntas que ninguém lhe fez. E procura em vão as respostas, deixando constrangido o professor que queria salvá-lo. Se lhe pedimos para comentar uma poesia, não pretendemos dele a data ou o local da composição, nem a pessoa a quem eventualmente for dedicada. Mas o estudante reconhece de longe os dados que não conhece e de imediato se apega a eles, confessando não lembrá-los.

Sempre aconselhei meus alunos a nunca responder com um *não* franco (afinal, estamos na Itália!) a perguntas indiscretas sobre o conhecimento de um assunto. E muito menos a admitir heroicamente a própria ignorância, mas sempre a adiar tal revelação. No entanto, só os piores me ouviam, prostrando, com táticas contemporizadoras, a curiosidade invasora do examinador. Os melhores não agüentavam o desafio e denunciavam irrevogavelmente as lacunas do seu preparo, cedendo à chantagem conjunta da lealdade, da culpa e da punição. Uma intersecção irresistível que explica como, na antiguidade, a vontade de sacrifício não dissesse respeito só aos sacerdotes e aos fiéis, mas também às vítimas. Um circuito de solidariedade que ainda hoje se renova.

*

Meu sogro começara com enquetes mnemônicas, tão incômodas como injustificadas. Enfurecia-se principalmente sobre datas, lugares, nomes, apelidos e títulos, que os interlocutores não raro ignoravam. O jogo ímpar consagrava um vencedor derrotado, consciente de que a ignorância dos outros não compensava suas amnésias. Até que aos poucos os papéis começaram a se inverter.

Minha sogra, por exemplo, tirava inesperadas desforras do homem que por cinqüenta anos lhe impusera um jugo autoritário (*coniugium*, "os dois sob o mesmo jugo", é palavra forjada pelos latinos, aos quais, em matéria de jugos, cônjuges e autoridade, não faltava competência). O homem que submetia os outros a exames extracurriculares e ria dos déficits de memória quando ela esquecia o nome do Tasso (Torquato!, gritava para ela no fim, que transcrevia o nome nas palavras cruzadas) era o mesmo que não lembrava o nome da uva. "Aquelas coisas vermelhas, pequenas, que comemos no outono", começava a se debater. "Bagas!", respondia minha sogra. "Que bagas, que nada!", rebatia ele impaciente (ninguém é tão intolerante com quem não adivinha como aquele que não lembra). "Amoras!", tentava minha sogra, começando a divertir-se. "Como assim, amoras!", gritava meu sogro queixoso: "Amoras no verão?". "Certamente, no verão", rebatia minha sogra, séria e descarada. E acrescentava com calma: "Tem amoras tanto no verão como no outono". "Não são amoras!", desesperava-se meu sogro. Especificava: "São esmagadas para fazer uma bebida". "Laranjas!", exclamava minha sogra, dando um nome errado como lance no leilão para impedir que ele arrematasse o certo. Tenho certeza de que ela negaria isso, assim como é certo que ela o desejava, ao menos inconscientemente (não vamos lhe negar um álibi, que hoje já não se nega a ninguém).

Meu sogro desistia humilhado, os olhos no vazio. Provavelmente continuava procurando dentro de si. Porque às vezes seu rosto se iluminava, gritando exultante o nome. "Uva!", "Uva!", repetia, e depois ficava bravo com ela: "Por que não lhe ocorreu? Eu disse, *pequenas, vermelhas*!". "O quê?", perguntava minha sogra, sabendo que o jogo estava recomeçando. Meu sogro se retraía, arrebatado por uma nova angústia.

"Pegue o dicionário!", dizia-lhe, recuperando no imperativo o modo gramatical da própria vida. Minha sogra consultava-o no verbete *uva* e lia com acento burocrático a definição, até que, ao chegar à palavra *bago*, "É isso!", gritava meu sogro, "Bago! Bago de uva!", como um leiloeiro.

Da última vez que veio jantar, achei que tinha piorado. Não lembrava meu nome e, falando com Franca, dizia *ele*, apontando-me. Talvez fosse o pronome com que me designava em particular, mas, em público, me constrangia.

Convidei também para o jantar seu filho, Marco. Quando o viu no hall, disse-lhe brusco: "Olá, onde está o Antonio?". "Não sei", respondeu-lhe Marco, "até porque não o conheço." "É meu filho", disse meu sogro irritado. "Olha que seu filho sou eu", respondeu Marco. Meu sogro, contrariado, aproximou o próprio rosto ao dele, examinou-o e depois lhe disse: "Sim, eu sei". Acrescentou: "Então você é o Antonio". "Não, eu sou Marco", respondeu-lhe o outro.

Entram em jogo fatores circulares, explicara-nos o geriatra, variações repentinas de pressão, variações metabólicas. Com efeito meu sogro, quando vai sentar na sala diante de Marco, já recomeçou a considerá-lo seu filho. Informa-se sobre o consultório de veterinário.

Marco foi submetido a uma traqueotomia para extirpar um tumor, e, a cada vez que fala, tem de apertar com o polegar uma válvula oculta sob a camisa, na altura do esterno. Se não fizer a coisa no tempo exato, a voz sai antes áfona, como num filme de horror, depois meio borbulhante e, finalmente, quando o buraco está fechado, rouca mas clara. Enfrentou cirurgia e recuperação pós-operatória sem nunca se queixar, ao menos com os outros, que consideram esse o aspecto mais admirável num doente. "Heróico", definira-o eu próprio, com um adjetivo que obtivera um consenso de plebiscito.

Sentado na poltrona em frente a meu sogro, Marco enfia a mão debaixo da camisa e depois de um gralhar estremecido, como um velho rádio de galena, responde que seu consultório está em expansão, e que a cirurgia não lhe diminuiu a clientela.

"Que cirurgia?", pergunta-lhe meu sogro.

Marco aponta o pescoço com o dedo e impassível, com uma voz que lhe explode na garganta, responde:

"Esta."

Meu sogro fica desconcertado. Entende que ninguém está

zombando dele, mas não consegue lembrar-se. Lança um olhar em minha direção, no caso de eu poder ajudá-lo. Mas nunca esperou muito de mim, e muito menos numa ocasião dessas.

Faz um evidente esforço sobre si próprio para sufocar o temor.

Diz:

"Vamos para a mesa?"

*

Não sei se continuarei com esses convites para jantar. As reuniões familiares têm um aspecto lúgubre, que todos alegremente pressagiam. Não se podem agravá-las com uma carga adicional, devida às dificuldades físicas ou psíquicas dos participantes. É verdade que certas deficiências mentais provocam o riso. Sabem algo a respeito disso os bêbados e os desmemoriados. Nunca entendi por quê, talvez porque o mundo finalmente apareça de cabeça para baixo. De qualquer modo, é bom não exagerar a guarda.

Receio que isso tenha acontecido na outra noite. Eu próprio estava acometido por um distúrbio que de vez em quando me deixa desassossegado, uma forma de afonia. Sujeita a emboscadas emocionais e a desabamentos tópicos — nada estranhos ao aparato bucal e respiratório e ao cansaço do ensino —, minha voz se trinca, se abaixa, se transforma num fantasma, desaparece por um breve período, volta alterada. "Seu inconsciente não quer mais ensinar", disse-me um especialista. "Infelizmente o problema sempre é o consciente", respondi.

Na outra noite dosava com parcimônia o número de minhas intervenções, distribuindo-as em doses calibradas. "As pessoas normais falam sem limites", disse-me o especialista. "O senhor não. O tanque de sua voz tem um limite, como o de um carro, e não tem de entrar na reserva, caso contrário corre o risco de parar. Por quanto tempo? Pode até ser pouco, o tempo de se recarregar. Mas é melhor parar um instante antes, para evitar mal-estares."

Para evitar mal-estares deixava os outros falarem, a postura habitualmente mais apreciada por quem nos convida a falar. Mas numa reunião familiar, a abstenção é julgada com suspeitas. Quando falei, no entanto, minha voz saiu rachada e seca como um silvo do além-túmulo.

Meu cunhado apertou a válvula debaixo da camisa.

"O que você disse?", ladrou.

Eu degluti para ganhar tempo e fôlego, mas Paolo, cuja deficiência o ajudava a decifrar a minha, explicou com sua voz rouca:

"Disse que o ponto não é esse."

"E qual é?", interveio meu sogro, com rapidez inesperada.

Durante a noite toda nos deixou atordoados com a busca frenética dos nomes mais comuns, bicicleta, impostos, cerveja, escola, verão. Excogitou as perífrases mais labirínticas, no centro das quais se encontrava, tesouro inacessível, uma palavra tipo peixes. Aqueles que vivem lá embaixo. Vermes? Não! Mineiros? Não! Espeleólogos? Que espeleólogos, que nada! Lá embaixo onde? Naquela coisa que bebemos! Água? É! Peixes? Éééé, peixes! Era tão difícil?

O léxico todo se tornava um campo minado, onde seguir em frente era fatal, e onde se parava a cada passo. "Como se chama?", ecoava o apelo exasperado. E nós ali, a examiná-lo exaustos, febris, desnorteados, naquela oscilação entre o cômico e o trágico que é o pêndulo da vida. Quando então se aventurava por conceitos abstratos, como virtude, aí a definição se tornava mais desesperada do que nos filósofos, e por vezes se concluía, diferentemente do que ocorria neles, com uma iluminada, sublime renúncia.

Se, ao contrário, era ele a pedir um esclarecimento, tudo

parecia normal. Mas eu desisti de lhe explicar qual era o ponto. Fiz um sinal de adiamento com a mão, como apanhado por um problema de digestão. E adiei para o futuro a solução desse problema, e de outros também.

*

Paolo, que aprendeu a me fazer rir dizendo-me as coisas mais terríveis, comentou, quando à meia-noite os convidados já tinham se retirado e nós dois ficáramos sozinhos na sala:

"Mas você também vai ficar daquele jeito?"

"Não sei", ri.

Era uma hipótese que nunca havia me ocorrido, mas evidentemente não era tão improvável como me parecia.

E ele, em sua assustadora sabedoria (é uma coisa que compensa muitas outras, para mim e para ele), acrescentou:

"O problema é o que me espera."

À distância

Acontece-me vê-lo à distância, na rua comprida e estreita onde moro. Anda ao longo dos muros das casas, para ter um apoio, caso tropece. O porte é desajeitado e, em vez de seguir os comandos do corpo, parece explorar seu peso, precipitando-o, por vezes, para a frente com repentinas acelerações.

*

Alguns reconhecem-no e cumprimentam-no. Ele pára com as costas apoiadas no muro, sempre pronto a falar com todos. Intuo que certas pessoas o tratam como uma criança. São as mesmas que tratam as crianças como idiotas e estabelecem com elas, por fim, uma relação de igualdade. Ele tem condições de dizer coisas que eles, provavelmente, nem sequer sabem pensar, mas se limita a olhá-los, enquanto se comportam feito crianças, com seu sorriso brando.

*

Quem o vê pela primeira vez freqüentemente não se satisfaz. Pára e volta-se para olhá-lo. Ele percebe e tenho a impressão de que segue adiante com uma careta de sofrimento. Mas talvez nem seja assim, ele só trata de não cair, está acostumado a ser observado, sou eu quem não se conforma. Tenho uma careta de sofrimento e é isso que nos une, na distância.

*

Noutras vezes tentei fechar os olhos por um instante, e então reabri-los. Quem é aquele garoto que anda oscilando ao longo do muro? Vejo-o pela primeira vez, é um portador de deficiência. Penso naquela que teria sido minha vida sem ele. Não, não consigo. Podemos imaginar muitas vidas, mas não podemos abrir mão da nossa.

*

Certa vez, enquanto olhava para ele como se ele fosse outro, e eu, outro, cumprimentou-me. Sorria e encostou-se no muro. Foi como se tivéssemos nos encontrado para sempre, por um instante.

ESTA OBRA FOI COMPOSTA EM ELECTRA PELO GRUPO DE CRIAÇÃO E FOI IMPRESSA EM PROCESSO CTP PELA PROL EDITORA GRÁFICA SOBRE PAPEL PÓLEN SOFT DA COMPANHIA SUZANO PARA A EDITORA SCHWARCZ EM MAIO DE 2002